MW00716575

мураками
мания

Харуки Мураками

Светлячок

и другие рассказы

ЭКСМО
Москва
2010

УДК 82(1-87)
ББК 84(5Япо)
М 91

Haruki Murakami

HOTARU, NAYA-WO YAKU, SONO TA-NO TANPEN

Перевод с японского *Андрея Замилова*

Оформление серии *Натальи Никоновой*

Мураками Х.
М 91   Светлячок и другие рассказы / Харуки Мураками ;
[пер. с яп. А. Замилова]. — М. : Эксмо, 2010. — 144 с. —
(Мураками-мания).

ISBN 978-5-699-40103-1

Перед вами сборник рассказов самого знаменитого мастера современной японской литературы, в который вошли очень разные по сюжету и настроению, но одинаково впечатляющие, удивительные и яркие истории — от светлого и грустного «Светлячка», послужившего автору основой для его знаменитого романа «Норвежский лес», до сверхэмоционального и интригующего рассказа «Танцующая фея», герой которого трудится на заводе по изготовлению живых слонов. Заядлый поджигатель сараев, слепая ива и спящая девушка, Зимний Музей, висячий сад герра W и крепость Германа Геринга — загадочный мир Харуки Мураками раскрывается читателю во всей своей полноте.

Ранее эта книга публиковалась под названием «Сжечь сарай».

УДК 82(1-87)
ББК 84(5Япо)

ISBN 978-5-699-40103-1

Оглавление

Светлячок

Давным-давно, а если точнее — четырнадцать-пятнадцать лет назад — я жил в студенческом общежитии. Было мне тогда восемнадцать, и я только поступил в институт. Токио я не знал вовсе и никогда не жил один, поэтому заботливые родители сами подыскали мне это жилье. Естественно, стоимость играла не последнюю роль: она оказалась на порядок ниже обычных расходов одиноких людей. Будь моя воля, снял бы квартиру да жил в свое удовольствие. Но если вспомнить, во сколько обошлось поступление, прибавить ежемесячную плату за обучение и повседневные расходы, — тут уж не до выбора.

Общага располагалась в Токио на холме с видом на центр города. Широкая территория окружена высоким бетонным забором. Сразу за ним по обеим сторонам возвышались ряды исполинских дзелькв — деревьям стукнуло по меньшей мере века полтора. Из-под них не было видно неба — его полностью скрывали зеленые кроны.

Бетонная дорожка петляла, огибая деревья, затем опять выпрямлялась и пересекала внутренний двор. По обеим сторонам параллельно друг другу тянулись два трехэтажных корпуса из железобетона. Огромные здания. Из открытых окон играло радио. Занавески во всех комнатах — одинаково кремового цвета: не так заметно, что они выгорели давно и безнадежно.

Дорожка упиралась в расположенное по центру главное здание. На первом этаже — столовая и большая баня. На втором — лекционный зал, несколько аудиторий и даже комната неизвестно для каких гостей. Рядом с этим корпусом — еще одно общежитие, тоже трех-этажное. Двор очень широкий, на зеленых газонах, утопая в солнечных лучах, вращались поливалки. За главным зданием — поле для бейсбола и футбола и шесть теннисных кортов. Что еще нужно?

Единственная проблема общежития — хотя считать это проблемой или нет, мнения могут разойтись — заключалась в том, что им управляло некое сомнительное юридическое лицо, состоявшее преимущественно из ультраправых элементов. Чтобы это понять, вполне достаточно было прочесть рекламный буклет и правила проживания: «Служить идеалам воспитания одаренных кадров для укрепления родины». Сие послужило девизом при создании общежития: согласные с лозунгом финансисты вложили частные средства... Но это — лицевая сторона. Что же касается оборотной, истинного положения вещей не знал никто. Одни говорили, это уход от налогов, другие — афера для получения первоклассного участка земли под предлогом создания общежития, третьи — обычная самореклама. В конечном итоге особой разницы нет. Так или иначе, я прожил в этом подозрительном месте ровно два года — с весны 1968-го по весну 1970-го. В быту различия между правыми и левыми, лицемерием и злорадством не так уж велики.

10

День общежития начинался с торжественного подъема государственного флага. Естественно, под государственный же гимн. Как спортивные новости неотделимы от марша, подъем флага неотделим от гимна. Площадка с флагштоком располагалась по центру двора и была видна из каждого окна каждого корпуса общежития.

Подъем флага — обязанность начальника восточного (где жил я) корпуса, высокого мужчины лет пятидесяти, с проницательным взглядом. В жестковатой по виду шевелюре пробивалась седина, загорелую шею пересекал длинный шрам. Я слышал, он окончил военную школу в Накано. За ним следовал студент в должности помощника поднимающего флаг. Студента этого толком никто не знал. Острижен наголо, всегда в студенческой форме. Я не знал ни его имени, ни номера комнаты, где он жил. И ни разу не встречался с ним ни в столовой, ни в бане. Я даже не знал, действительно он студент или нет. Раз носит форму, выходит — студент, что еще можно подумать? В отличие от накановца, он был приземист, толст и бледен. И эта пара двух абсолютных антиподов каждый день в шесть утра поднимала во дворе общежития флаг.

В первое время я из любопытства нередко просыпался пораньше, чтобы наблюдать столь патриотическую церемонию. В шесть утра, почти одновременно с сигналом радио парочка показывалась во дворе. Униформист держал тонкую коробку из павлонии, накановец нес портативный магнитофон «Сони». Накановец ставил магнитофон на ступеньку площадки флагштока. Униформист открывал коробку, в которой лежал аккуратно свернутый флаг. Униформист почтительно передавал флаг накановцу, который привязывал его к тросу. Униформист включал магнитофон.

Государственный гимн.

Флаг легко взвивался по флагштоку.

На словах «...из камней...» он находился еще примерно посередине, а к фразе «...до тех пор» достигал верхушки. Эти двое вытягивались по стойке смирно и устремляли взоры на развевающееся полотнище. В ясную погоду, когда дул ветер, вполне даже смотрелось.

Вечерний спуск флага производился с аналогичной церемонией. Только наоборот: флаг скользил вниз и укладывался в коробку из павлонии. Ночью флаг не развевался.

Я не знаю, почему флаг спускали на ночь. Государство остается государством и в темное время суток, немало людей продолжает работать. Мне почему-то казалось несправедливым, что путеукладчики и таксисты, хостессы в барах, пожарные и охранники не могут находиться под защитой государства. Но это на самом деле не столь важно. И уж подавно никто не обижался. Думал об этом, пожалуй, только я один. Да и то — пришла в голову мысль и унеслась прочь.

По правилам общежития, перво- и второкурсники жили по двое, студентам третьего и четвертого курсов предоставлялись отдельные апартаменты.

Двухместные комнаты напоминали вытянутый пенал примерно в десять квадратных метров. Напротив входа — алюминиевая рама окна. Вся мебель максимально проста и массивна: по два стола и стула, двухъярусная железная кровать, два ящика-гардероба и самодельная книжная полка. На полках почти во всех комнатах ютились в ряд транзисторные приемники и фены, электрические чайники и термосы, растворимый кофе и чайные пакетики, гранулированный сахар и кастрюльки для варки лапши, а также обычная столовая посуда. К отштукатуренным стенам приклеены постеры из «Плэйбоев». На подставках над столами выстроились учебники, словари и прочая литература.

Ожидать чистоты в юношеских комнатах было бессмысленно, и почти все они кошмарно заросли грязью. Ко дну мусорного ведра прилипла заплесневевшая мандариновая кожура, в банках, служивших пепельницами, громоздились горы окурков. В кружках — засохшая кофейная гуща. На полу валялся целлофан от сублимированной лапши, пустые пивные банки, всякие крышки и непонятные предметы. Взять веник, замести на совок мусор и выбросить его в ведро никому не приходило в голову. На сквозняке с пола столбом подымалась пыль. Какую комнату ни возьми — жуткая вонь. Под кроватями у всех копилось грязное белье, матрас сушится, когда придется, и ему ничего не оставалось, как впитывать сырость, источая устойчивый смрад затхлости.

По сравнению с прочими, в моей комнате было чисто, как в морге. На полу — ни пылинки, пепельница всегда вымыта, постель сушилась регулярно раз в неделю, карандаши собраны в пенал, на стене вместо порнографии — фото канала в Амстердаме. Мой сосед по комнате болезненно относился к чистоте. Он сам наводил порядок. Даже иногда стирал мне вещи. Я же не шевелил и пальцем. Стоило мне поставить на стол пустую пивную банку, как она тут же исчезала в мусорном ведре.

Этот мой сосед изучал географию в одном государственном университете.

— Я изучаю ге-ге-географию, — сказал он, едва мы познакомились.

— Карты любишь? — спросил я.

— Да. Вот закончу учиться — поступлю в Государственное управление географии. Буду ка-карты составлять.

Я восхитился: в мире столько разных желаний и целей жизни. Мне до сих пор не приходилось задумываться, какие люди и по каким соображениям составляют карты. Однако заикающийся всякий раз на слове «карта» человек, который спит и видит себя в Государственном управлении географии — это нечто. Заикался он, конечно, не всегда, но на слове «карта» — постоянно.

— А тво-твоя специализация? — спросил сосед.

— Театральное искусство.

— В смысле, в спектаклях играть?

— Нет, не это. Читать и изучать драму. Там... Расин, Ионеско, Шекспир...

— Я, кроме Шекспира, больше никого не знаю, — признался он.

— Я и сам раньше о них не слышал. Просто эти имена стоят в плане лекций.

— Ну, то есть, тебе нравится?

— Не так, чтобы...

Ответ его смутил. И по мере замешательства заикание усилилось. Мне показалось, что я совершил страшное злодеяние.

— Да мне было все равно, — пояснил я. — Хоть индийская философия, хоть история Востока. Подвернулось театральное искусство — только и всего.

— Не понимаю, — сказал он с действительно непонимающим видом. — Во-вот мне... нравятся ка-карты, поэтому я изучаю ка-ка-картографию. Для этого я специально поступил в столичный институт, получаю регулярные переводы на обучение. А у тебя, говоришь, все не так?..

И он был прав. Я уже не пытался что-либо объяснять. Затем мы вытянули на спичках, где кому спать. Он выбрал верхнюю койку.

Сосед постоянно носил белую майку и черные брюки. С наголо обритой головой, высокого роста, сутулый. На учебу непременно надевал форму. И ботинки, и портфель были черными как сажа. По виду — вылитый студент с правым уклоном, причем многие его таковым и считали, хотя, по правде говоря, он не питал к политике ни малейшего интереса. Просто ему было лень подбирать себе одежду, он так и ходил — в чем было. Его интересы ограничивались изменениями морских береговых линий или введением в строй новых железнодорожных тоннелей. И стоило зайти разговору на эту тему, он мог, заикаясь и запинаясь, говорить и час, и два — пока собеседник либо засыпал, либо бежал от него прочь.

От раздававшегося ровно в шесть утра гимна он просыпался, как по будильнику. Выходило, что показная церемония поднятия флага не совсем бесполезна. Одевался и шел к умывальнику. Процесс умывания был долог. Казалось, он по очереди снимает и вычищает все свои зубы. Возвращаясь в комнату, с хлопком расправлял и вешал сушить на батарею полотенце, клал на место мыло и зубную щетку. Затем включал радио и начинал утреннюю гимнастику.

Я обычно ложился поздно и спал бы еще крепким сном, не реагируя на его утреннюю возню и шум. Но когда он переходил к прыжкам, я не мог не проснуться.

Еще бы: при каждом его подскоке — и нужно заметить, высоком, — моя голова подлетала над подушкой санти-метров на пять. Тут уж не до сна.

— Знаешь, — не выдержал я на четвертый день, — не мог бы ты делать гимнастику где-нибудь на крыше? А то ты мне спать не даешь.

— Не годится. Буду заниматься на крыше — начнут жаловаться с третьего этажа. Здесь-то первый, под нами — никого.

— Ну тогда занимайся во дворе. На травке, а?

— Тоже не годится. У ме-меня не транзисторный приемник. Без розетки не работает. А не будет музыки — я не смогу делать зарядку.

И в самом деле: его древний приемник работал толь-ко от сети. С другой стороны, транзистор был у меня, но он принимал только музыкальные стереопрограммы. «И что теперь?» — спросил я себя.

— Давай договоримся. Зарядку делай, только убавь громкость и подпрыгивай вот так — «прыг-скок», а? А то ты не прыгаешь, а скачешь. Идет?

— «П-прыг-скок»? — удивился он. — Что это такое?

— Когда прыгаешь, как зайчик.

— Таких прыжков не бывает...

У меня разболелась голова. Сначала подумал: а и черт с ним, — но коли завел разговор сам, нужно разо-браться до конца. Напевая главную мелодию радиогим-настики, я показал ему «прыг-скок».

— Видишь? Вот так. Такие бывают?

— То-точно, бывают. А я не замечал!

— Ну вот. — Я присел на кровать. — Все остальное я как-нибудь потерплю — только брось скакать, как ло-шадь. Дай мне поспать.

— Не годится, — просто сказал он. — Я не могу ничего выбрасывать. Я такую гимнастику делаю уже десять лет. Каждое утро. Начинаю, и дальше — все машинально. Выброшу что-то одно, и пе-пе-перестанет получаться все остальное...

— Ну тогда не делай вообще.

— Зачем ты так говоришь? Будто приказываешь.

— Ничего я не приказываю. Просто хочу спать часов до восьми. А если и просыпаться раньше, то не как ошпаренный, а вполне естественным образом. Только и всего. Понятно?

— Поня-а-атно.

— И что будем делать?

— Просыпаться и делать зарядку вместе со мной.

Я опустил руки и завалился спать. Он же продолжал делать гимнастику, не пропуская ни одного дня.

Когда я рассказал о соседе и его утренней гимнастике, она прыснула. Я не собирался делать из рассказа комедию, но в конечном итоге ухмыльнулся и сам. Давно я не видел ее веселой, хотя спустя мгновение улыбка уже исчезла с лица.

Мы вышли на станции Йоцуя и шагали по насыпи к Итигая[1]. Воскресный вечер в середине мая. До обеда накрапывал дождик, но теперь тяжелые тучи уносило с неба южным ветром одну за другой. Ярко-зеленые листья сакуры колыхались и сверкали на солнце. В воздухе пахло летом. Люди несли свои свитера и пальто кто на руке, кто перебросив через плечо. На теннисном корте

[1] Станции Центральной линии железнодорожной сети «Джапэн Рэйлроуд». — *Здесь и далее прим. переводчика.*

по ту сторону насыпи молодой человек снял майку и в одних шортах размахивал ракеткой. В ее металлическом ободе играли лучи солнца.

Только две сидевшие на лавке монашки были облачены по-зимнему в черное — что, однако, не мешало им задушевно болтать. С таким видом, будто лето еще за горами.

Минут через пятнадцать у меня вспотела спина, я снял плотную рубашку и остался в одной майке. Она закатала до локтей рукава бледно-серой ветровки. Вещь сильно поношенная, но выцвела приятно. Кажется, я видел ее раньше в этой ветровке, но припоминал весьма смутно. Как и многое другое в ту пору. Все казалось мне событиями глубокой давности.

— Как тебе совместная жизнь? Интересно жить с другими людьми? — спросила она.

— Пока не знаю. Рано еще судить.

Она остановилась перед фонтанчиком, сделала глоток воды и вытерла рот платком, вытащив его из кармана брюк. Потом затянула потуже шнурки.

— Как ты думаешь, мне такая жизнь подойдет?

— В смысле — коллективная? Общежитие, что ли?

— Да, — ответила она.

— Как сказать... Тут как посмотреть. Хлопот, конечно, хватает. Дурацкие правила, радиогимнастика.

— А-а, — кивнула она, и, как мне показалось, на некоторое время ее мысли унеслись куда-то вдаль. А потом она посмотрела на меня так, будто увидела во мне что-то необычное. Ее взгляд пронизал меня насквозь. Раньше я за ней такого ни разу не замечал. Словно я до странности прозрачен. Словно она разглядывает небо.

— Но иногда мне кажется, что я должна на это решиться. В смысле... — Не отрывая от меня взгляд, она прикусила губы. Затем опустила глаза. — Не знаю... Хватит об этом.

На этом разговор прервался, и она зашагала дальше.

Мы встретились почти год спустя. За это время она до неузнаваемости похудела. Впали щеки, шея стала тоньше. Однако не похоже, чтобы девушка болела. Она похудела как-то очень естественно и тихо. Даже стала красивее, чем я считал раньше. Я хотел сказать ей об этом, но не смог найти подходящих слов и промолчал.

Мы приехали на станцию Йоцуя без какой-либо на то причины. Просто совершенно случайно встретились в вагоне Центральной линии. Планов никаких, поэтому когда она предложила выйти, мы вышли. Случайной станцией оказалась Йоцуя. Мы оказались наедине, но у нас не нашлось темы для разговора. Я так и не смог понять, зачем она предложила мне выйти из электрички. Ведь нам с самого начала, в принципе, не о чем было говорить.

Мы вышли на улицу, и она, не объясняя, куда собралась, сразу же зашагала вперед. Мне ничего не оставалось, как идти за ней следом. Я шел и видел перед собой лишь ее спину. Иногда она оборачивалась что-нибудь спросить. На некоторые вопросы я отвечал, но были и такие, на которые я не знал что сказать. Ей, казалось, было все равно. Она едва успевала договорить, сразу отворачивалась и продолжала идти вперед.

Мы свернули направо на Итабаси, прошли вдоль рва, затем через перекресток Кампомати, взобрались на холм Отяно-мидзу и прошли Хонго. Дальше шагали вдоль линии электрички до Комагомэ. Такой себе пеший марафон... Когда мы дошли до Комагомэ, солнце уже село.

— Где мы? — как бы очнувшись, спросила она.

— На Комагомэ, — ответил я. — Ты не заметила, что мы сделали круг?

— Зачем мы сюда пришли?

— *Ты* привела, я только шел следом.

Мы зашли перекусить в ресторанчик соба[1] рядом со станцией. Пока ели, никто не произнес ни слова. Я смертельно устал, она же опять о чем-то задумалась.

— А ты выносливая, — сказал я, доев лапшу.

— Что, странно?

— Ага.

— Я еще в средней школе бегала на длинные дистанции. К тому же отец любил альпинизм, и я с малолетства по воскресеньям лазала в горы. Так и накачала ноги.

— По тебе не видно.

Она улыбнулась.

— Я провожу тебя до дома.

— Не стоит. Я доберусь сама. Не переживай.

— Да мне все равно.

— Нет, в самом деле. Я привыкла возвращаться в одиночестве.

Признаться, ее слова меня несколько успокоили. До ее дома на электричке езды больше часа. Я не представлял, как мы будем ехать все это время молча. В конце концов, она поехала обратно одна. А я за это угостил ее ужином.

— Послушай, если ты не против... ну, если тебе это не в тягость... мы еще встретимся? Я понимаю, что у ме-

[1] Соба — лапша из гречишной муки.

ня нет никаких причин так говорить... — сказала она на прощание.

— Причин? — удивился я. — Что это значит — «нет причин»?

Она покраснела. Видимо, с удивлением я перестарался.

— Я не могу толком объяснить, — как бы оправдываясь, сказала она, закатала оба рукава ветровки выше локтей, а потом снова их разгладила. В электрическом свете пушок у нее на лице стал красивым, желто-золотистым. — Я не хотела говорить «причина», думала сказать иначе.

Она облокотилась на стол и закрыла глаза, будто надеялась отыскать подходящие слова. Но, естественно, ничего не нашла.

— Ничего страшного, — попробовал я ее успокоить.

— Вот и у меня не получается. Причем давно. Соберусь что-нибудь сказать, а в голове какие-то неуместные слова всплывают. Или совершенно наоборот. Собираюсь поправить себя, начинаю еще больше волноваться и говорю что-то лишнее. Оп — и уже не помню, чего хотела в самом начале. Такое ощущение, что мое тело разделено на две половины, которые играют между собой в догонялки. А в центре стоит очень толстый столб, и они вокруг него бегают. И все правильные слова — в руках еще одной меня, но здешняя «я» ни за что не могу догнать себя ту. — Она посмотрела мне в глаза. — Ты это понимаешь?

— Такое в большей или меньшей степени случается с каждым, — изрек я. — Все пытаются выразить себя верно, но толком у них не выходит, вот они и нервничают.

Ее мои слова, похоже, несколько разочаровали.

— Но это — другое, — вздохнула она, и больше ничего не объясняла.

— Я нисколько не против наших встреч, — сказал я. — Все равно по воскресеньям болтаюсь без дела. Да и пешком ходить — полезно для здоровья.

На станции мы расстались. Я сказал «до свидания», она тоже со мной попрощалась.

Впервые я встретился с ней, когда перешел во второй класс старшей[1] школы. Ей было столько же, сколько мне, и она училась в миссионерском лицее «для благородных девиц». А познакомил нас мой хороший товарищ — она была его подругой. Они с пеленок росли вместе и жили по соседству, менее чем в двухстах метрах друг от друга.

Как это часто бывает с подобными парами, у них не возникало стремления уединиться. Они часто ходили друг к другу в гости, ужинали семьями. Несколько раз звали меня, какую-нибудь девчонку и устраивали парные свидания. Однако девчонки не разжигали во мне искорок хоть какой-то любви, и мы в конце концов естественным образом стали встречаться втроем. Так было удобнее всего. Роли распределились следующим образом: я чувствовал себя гостем, мой товарищ — всемогущим хозяином, а она — его ассистенткой.

Была в нем такая жилка. И несмотря на присутствующую в нем изрядную долю сарказма, он был человеком добрым и справедливым. Одинаково внимательно

---

[1] Предпоследний школьный класс в Японии. Возраст учеников — 16 лет.

22

разговаривал и шутил и с ней, и со мной, и вообще, когда замечал, что кто-нибудь долго молчит, обращался к
нему и вытягивал собеседника на разговор. Он умел
мгновенно оценить тональность беседы и действовал по
ситуации. Вдобавок у него был редкостный талант из-
влекать из посредственного в целом собеседника что-
нибудь интересное. Потому мне порой казалось, что я —
очень интересный человек и веду не менее интересный
образ жизни.

Но стоило ему отлучиться, и разговор с ней никак
не складывался. Мы просто не знали, о чем говорить: на
самом деле, у нас не было ни одной общей темы. Что уж
тут? Мы молча пили воду и двигали стоявшую на столе
пепельницу. В общем, ждали, когда вернется он.

Через три месяца после его похорон мы встретились
с ней один раз. Оставалось небольшое дело, и мы догo-
ворились о свидании в кафе. А когда все обсудили,
больше поводов для разговора не осталось. Я попытался разговорить ее, но беседа постоянно обрывалась на
полуслове. Плюс ко всему, отвечала она резковато. Будто бы сердилась на меня, но почему — я не знал. И мы
расстались.

Может, сердилась, что не она, а я был последним, кто
разговаривал с ним? Может, это звучит неэтично, но я,
кажется, понимал ее настроение. И, будь это возможно,
хотел бы, чтобы на моем месте оказалась она. Однако
что случилось, то случилось. И что бы мы себе ни думали, уже ничего не изменить.

В тот погожий майский день, возвращаясь из школы
(а если честно, попросту сбежав с уроков), мы зашли в

бильярдную и сыграли четыре партии. Первую выиграл я, все остальные — он. По уговору я заплатил за игру.

Той же ночью он умер в гараже собственного дома. Протянул от выхлопной трубы «N-360»[1] резиновый шланг, залепил окна в салоне липкой лентой и запустил двигатель. Долго ли он умирал, я не знаю. Его родители уезжали навестить кого-то в больнице, а когда вернулись и открыли двери гаража, он был мертв. И только радио играло в машине да дворники прижали к стеклу чек с автозаправки.

Ни предсмертной записки, ни очевидных причин. Поскольку я был последним, кто встречался и разговаривал с ним, меня вызвали в полицию на допрос. «По нему ничего не было видно, вел себя как всегда, — сказал я следователю. — И с чего бы человек, решившийся на самоубийство, выигрывал на бильярде три партии кряду?» Но видимо, ни я, ни он положительного впечатления на следователя не производили. В глазах того читалось: «Что может быть странного в самоубийстве человека, который вместо занятий катает шары?» В газету поместили короткий некролог, и на этом дело закрыли. Красный «N-360» сдали на скрэп. Некоторое время на его парте стояли белые цветы.

Перебравшись после школы в Токио, я хотел только одного: не брать в голову разные вещи и как можно лучше постараться от них отстраниться. Я решил насовсем забыть зеленое сукно бильярдного стола, красный «N-360», белые цветы на парте, дым из трубы кре-

[1] Популярная во второй половине 60-х годов XX века малолитражка фирмы «Хонда».

матория и тяжелое пресс-папье на столе следователя. Первое время казалось, что мне это удается. Но сколько бы я ни пытался все забыть, во мне оставался какой-то аморфный сгусток воздуха, который с течением времени начал принимать отчетливую форму. Эту форму можно выразить словами.

**Смерть — не противоположность жизни,
а ее часть.**

На словах звучит просто, но тогда я чувствовал это не на словах, а упругим комком внутри своего тела. Смерть закралась и внутрь пресс-папье, и в четыре шара на бильярдном столе. И мы жили, вдыхая ее, словно мелкую *пыль*.

До тех пор я воспринимал смерть как существо, полностью отстраненное от жизни. Иными словами: «Смерть рано или поздно приберет нас к рукам. Однако до того дня, когда смерть приберет нас к рукам, она этого сделать не может». И такая мысль казалась мне предельно точной теорией. Жизнь — на этой стороне, смерть — на той.

Однако после его смерти я уже не мог воспринимать ее так просто. Смерть — не противоположная жизни субстанция. Смерть изначально существует во мне. И как ни пытайся, устраниться невозможно. Унеся его в ту майскую ночь семнадцатилетия, смерть одновременно пыталась поглотить и меня.

Я ощущал это очень отчетливо. И вместе с тем старался не думать слишком серьезно. Задача не из легких. Почему? Мне тогда было всего лишь восемнадцать, и я был еще слишком молод, чтобы вникать в суть вещей.

Я продолжал раз-два в месяц ходить на свидания с ней. Пожалуй, наши встречи можно назвать свиданиями, поскольку другие слова в голову не приходят.

Она училась в женском институте на окраине Мусасино. Укромное учебное заведение с хорошей репутацией. От ее квартиры до учебного корпуса пешком — меньше десяти минут. По дороге располагался живописный водоем, и мы иногда гуляли вокруг него. Подруг у нее почти не было. Она, как и прежде, лишь изредка роняла отдельные слова. Говорить особо не о чем, и я тоже старался лишний раз промолчать. Встречаясь, мы просто бродили.

Нельзя сказать, что в наших отношениях не было прогресса. Закончились летние каникулы, и она очень естественно — будто само собой разумеется — начала ходить со мной рядом. Теперь уже рядом, а не впереди, как раньше. Мы взбирались на холмы, переправлялись через реки, переходили дороги и продолжали куда-то идти. У нас не было цели. Нам было достаточно просто идти куда-нибудь. Нашагавшись, заходили в кафе выпить по чашке кофе, затем шли дальше. И только менялись времена года, как на вращающемся по кругу слайдоскопе. Вскоре наступила осень, и весь внутренний двор общежития усыпали листья дзельквы. Надевая свитер, я почувствовал запах нового времени года. Сносилась обувь, и я купил новую пару — из замши.

Когда задули холодные осенние ветры, она, бывало, прижималась к моей руке. Через толстый ворс ее пальто я ощущал тепло. Но только и всего. Засунув руки в карманы, я продолжал ходить, как и обычно. Обувь у нас была на резиновой подошве, и шаги почти не слышались. Лишь сухо шуршало под ногами, когда мы наступали на опавшие листья огромных платанов. Ей была нужна не моя, а *чья-нибудь* рука. Ей требовалось не мое, а *чье-нибудь* тепло. По крайней мере, так мне казалось тогда.

Чем дальше, тем прозрачнее становился ее взгляд. Такая безысходная прозрачность. Иногда она без всякой причины всматривалась в мои глаза. И всякий раз мне становилось невыносимо грустно.

Общежитские поддразнивали меня, когда она звонила или я по утрам в воскресенье собирался уходить. Они, разумеется, полагали, что у меня завелась подружка. Я не собирался им ничего объяснять, и даже не видел в этом необходимости, а потому оставлял все как есть. Когда я возвращался вечером в общагу, кто-нибудь непременно интересовался, как прошел секс. «Так себе», — всегда отвечал я.

Так проходил мой восемнадцатый год. Всходило и садилось солнце, спускался и поднимался флаг, а я по воскресеньям встречался с подругой покойного друга. Я не осознавал, ни что сейчас делаю, ни как быть дальше. На лекциях слушал про Клоделя, Расина и Эйзенштейна. Все они писали неплохие тексты, но только и всего. Товарищей среди однокашников я себе не завел, с соседями по общаге лишь здоровался. Я постоянно читал книги, и общежитские считали, что я собираюсь стать писателем. А я не собирался становиться писателем. Я вообще не собирался становиться никем.

Несколько раз я порывался рассказать ей о своих мыслях. Мне казалось, она должна правильно понять мое настроение. Но подобрать слова, чтобы выразить свои чувства, не мог. Как она была права: стоит начать подыскивать нужные слова, и все они словно погружаются на дно мрака.

В субботу вечером я садился на стул в коридоре возле телефона и ждал звонка от нее. Бывало, не дожидался три недели кряду, бывало, она звонила две субботы подряд. А я продолжал сидеть и ждать. По субботам все уходили в город, и в коридоре становилось тише обычного. Разглядывая витавшие в безмолвном пространстве частички света, я пытался разобраться в себе. Всем от кого-то что-то нужно. Это точно. Однако что будет дальше, я не имел ни малейшего понятия. И я вытягивал руку, но перед самыми кончиками пальцев неожиданно возникала воздушная стена.

Зимой я подрабатывал в музыкальном магазине на Синдзюку. На Рождество подарил ей диск Генри Манчини с ее любимой песней «Dear Heart». Сам упаковал и перевязал его розовой тесьмой. Оберточная бумага была под стать празднику — в узоре из пихт. А она связала мне шерстяные перчатки. Несколько жали пальцы, но главное — в них было тепло.

Она не поехала на зимние каникулы домой, и все новогодние праздники я питался у нее.

Той зимой много чего произошло.

В конце января мой сосед на два дня свалился с температурой под сорок. Из-за чего накрылось мое свидание. Казалось, он вот-вот коньки отбросит. Естественно, я не мог уйти, оставив его в таком состоянии. Найти сиделку не удалось, поэтому выбора не оставалось — только самому покупать лед, делать холодный компресс, вытирать влажным полотенцем пот и каждый час мерить температуру. Температура не спадала целые сутки. Однако уже на второе утро он подскочил как ни в чем не бывало. Сунули градусник — тридцать шесть и два.

— Странно. У меня за всю жизнь ни разу не было температуры, — сказал он.

— Но ведь появилась, — разозлился я и показал ему два неиспользованных билета.

— Хорошо, что это всего лишь пригласительные, — сказал он.

В феврале несколько раз шел снег.

В конце февраля я из-за какого-то пустяка ударил старшекурсника, жившего на одном этаже со мной. Тот въехал головой в бетонную стену. К счастью, рана оказалась пустяковой. Однако меня вызвали в кабинет коменданта и сделали предупреждение, подпортившее мою дальнейшую жизнь в общежитии.

Тем временем мне стукнуло девятнадцать, я перешел на второй курс, при этом завалив несколько зачетов. По остальным предметам получил свои обычные оценки «C» или «D», было даже несколько «B»[1]. Она все зачеты сдала без завалов и легко стала второкурсницей. Колесо природы сделало еще один круг.

[1] Самой высокой является «A». При оценке «D» получить зачет проблематично. В вузах Японии обязательные зачеты можно не выдержать с первого раза и сдавать в последующие семестры.

* * *

В июне ей исполнилось двадцать. Этот маленький юбилей вызвал у меня странное чувство. Казалось, что нам обоим было бы справедливей перемещаться между восемнадцатью и девятнадцатью: после восемнадцати исполняется девятнадцать, через год — опять восемнадцать... Это еще можно было представить. Но ей уже двадцать. Столько же станет мне следующей зимой. И только мертвец навсегда остался семнадцатилетним.

В день ее рождения шел дождь. Я купил на Синдзюку торт и поехал к ней домой.

Электричка была набита битком, к тому же сильно качало. Когда я добрался вечером до ее дома, торт напоминал своей формой развалины римского Колизея. Я достал и воткнул в него двадцать маленьких свечей. Поджег их от спички, закрыл шторы, погасил свет. Как настоящий день рождения. Она открыла вино. Мы скромно поужинали, затем разрезали торт.

— Уже двадцать... чувствую себя как дура, — сказала она. Поужинав, мы вымыли посуду и, расположившись на полу, допивали вино. Пока я цедил один бокал, она успела выпить два.

В тот день она была на редкость разговорчива. Рассказывала о детстве, о школе, о своей семье. Очень долго рассказывала, но при этом — вполне отчетливо. История «А» внезапно переходила в содержавшуюся в ней историю «Б». Затем в «Б» возникала история «В» — и так до бесконечности. Первое время я вежливо поддакивал, но вскоре перестал. Поставил пластинку, а когда она закончилась, поменял на следующую. Когда послушали все, что у нее было, опять поставил первую. За окном продолжал лить дождь. Время текло медленно, и она продолжала свое повествование.

Когда стрелка на часах перевалила одиннадцать, я не на шутку заволновался: она не замолкала уже больше четырех часов. Мне нужно было успеть на последнюю электричку. Как поступить в этой ситуации, я не знал. Изначально я считал, что лучше дать ей выговориться, но сейчас я был иного мнения. Изрядно поколебавшись, я решил прервать ее монолог. Что ни говори, а это слишком.

— Поздно. Мне пора, — сказал я. — Увидимся на днях, хорошо?

Не знаю, услышала она меня или нет. Лишь на секунду умолкла, и заговорила снова. Я отчаялся и закурил. Раз так, то лучше пусть говорит. А там будь что будет...

Однако речь ее не продлилась долго. Когда я обратил на это внимание, она уже молчала. Лишь в воздухе повис обрывок ее фразы. Если выражаться буквально, ее рассказ не закончился, а куда-то внезапно улетучился. Она пыталась его продолжить, но тщетно. Будто бы что-то испортилось. Приоткрыв губы, она отрешенно смотрела мне в глаза. Словно я совершил нечто ужасное

— Я не хотел тебе мешать, — сказал я. — Просто уже поздно. К тому же...

На глаза ей навернулись слезы. Стекая по щекам, они через мгновение стукались о конверт пластинки. Их было не остановить. Она уперлась руками в пол и, слегка подавшись вперед, будто ее рвало, рыдала. Я протянул руки и взял ее за плечи. Те мелко тряслись, и я машинально обнял ее. Она продолжала бесшумно плакать, уткнувшись мне в грудь. От слез и ее теплого дыхания моя рубашка промокла насквозь. Ее пальцы бегали по моей спине, словно отыскивая там что-то. Левой рукой я поддерживал девушку, а правой гладил ее прямые мягкие волосы. И долго стоял, дожидаясь, когда она перестанет плакать. Но она не унималась.

В ту ночь я с ней переспал. Я не знал, правильно поступаю или нет. Но в ту ночь ничего другого не оставалось.

Давно у меня не было секса, а у нее это случилось впервые. Я спросил, почему она с ним не спала, хотя делать этого не следовало. Она ничего не ответила, только отстранилась от меня и, повернувшись спиной, всматривалась в дождь за окном.

К утру дождь прекратился. Она спала, повернувшись ко мне спиной. А может, ни на минуту не смыкала глаз. Что, впрочем, сути для меня не меняло. Как и год назад, тишина полностью поглотила ее существо. Какое-то время я смотрел на ее обнаженные плечи, затем отчаялся и встал с постели.

На полу валялся оброненный вечером конверт пластинки. На столе оставалась потерявшая форму половинка торта. Все выглядело так, будто время внезапно остановилось и обездвижело. На столе лежали словарь и таблица французских глаголов. К стене перед столом был приклеен календарь. Просто цифры — никаких картинок или фотографий. Белоснежный календарь, без надписей и пометок.

Я подобрал с пола одежду. Спереди рубашка оставалась леденяще влажной. Я приблизил лицо и почувствовал запах ее волос.

В лежавшем на столе блокноте написал: «Позвони мне на днях». Вышел из квартиры и осторожно закрыл за собою дверь.

Прошла неделя, но телефон молчал. В ее доме телефонов не было вообще, и тогда я написал длинное письмо. Я откровенно описал все, что чувствовал.

Мне многое до сих пор непонятно, я пытаюсь изо всех сил все это осознать, но потребуется время. Где я буду спустя это время — даже представить себе не могу. Но при этом я стараюсь не думать об окружающем слишком серьезно. Уж больно беспорядочен этот мир для серьезных раздумий. Пожалуй, тем самым я в результате обижаю людей вокруг, хотя навязывать им себя мне ни в коем случае не хотелось бы. Очень хочу тебя увидеть. Но, как я и говорил прежде, сам не знаю, правильно это или нет.

В начале июля пришел короткий ответ.

Я взяла академический отпуск на год. Временно, хотя, мне кажется, обратно я уже не вернусь. И академ — не более чем формальность. Завтра съезжаю с квартиры. Для тебя такой поворот событий может показаться внезапным, но я давно об этом думала. Несколько раз хотела поделиться с тобой, но все никак не решалась. Мне было страшно это произносить.

Но ты не принимай все это близко к сердцу. Так или иначе, все к тому шло. Не хотелось, чтобы мои слова тебя обидели. Если все-таки обидели — прости. Я просто хочу тебя попросить: не вини себя за то, что со мной произошло. Расплачиваться за все должна только я сама. Весь этот год я лишь пыталась до последнего оттянуть неминуемое. И тем самым причинила тебе немало беспокойств. Но всему есть предел.

В горах Киото есть один хороший санаторий, где я решила провести некоторое время. Это не больница в прямом смысле слова, а такое заведение, которое можно посещать свободно, для адаптации. Подробно я расскажу тебе о нем как-нибудь потом. Пока я еще пишу с трудом и переписываю это письмо уже в десятый раз. Спасибо тебе за тот год, что ты провел со мной рядом. Я даже не могу выразить на словах, как я тебе за это благодарна. Верь только этому. Больше я сказать тебе ничего не могу. Бережно храню пластинку — твой подарок.

Если мы сможем еще хотя бы раз встретиться где-нибудь в этом беспорядочном мире, думаю, я смогу как следует рассказать о многом.

До свидания.

Я раз сто перечитал письмо, и с каждым разом мне становилось невыносимо грустно. Примерно то же я испытывал, когда она заглядывала мне в глаза. Я не мог ни выплеснуть эти чувства, ни хранить их в себе. Они были невесомы и бесформенны, как проносящийся мимо ветер. Я не мог примерить их на себя. Мимо медленно проплывал пейзаж. До меня не доносилось ни звука.

По субботам я, как и прежде, много времени сидел на стуле в коридоре. Звонка я ни от кого не ждал, но делать было совершенно нечего. Я включал прямую трансляцию бейсбольного матча и делал вид, будто смотрю телевизор. Постепенно чувства эти, словно пеленой разделили пространство между мной и телевизором, потом отсекли от него еще одну часть, за ней — еще одну. Снова и снова — в конце концов они стиснули меня, едва не касаясь моих рук.

В десять часов я выключал телевизор и шел спать.

В конце того месяца сосед по комнате подарил мне светлячка.

Светлячок сидел в кофейной банке. Сосед налил в нее немного воды и насыпал листьев. В крышке проделал мелкие прорези для воздуха. На улице было светло, и существо походило на обычного черного водяного жучка. Хотя, если присмотреться внимательно, это, бесспорно, был светлячок.

При каждой попытке выбраться наружу насекомое скользило по стенке и съезжало на дно банки. Давно я не видел светлячка так близко.

— Во дворе нашел. Их выпускают в соседней гостинице для привлечения постояльцев. Вот один и добрался сюда, — сказал он, укладывая в сумку-банан одежду и тетради.

С начала лета прошло несколько недель, и в общежитии оставались, пожалуй, только мы вдвоем. Я не хотел возвращаться домой, а он проходил практику. Но теперь практика закончилась, и он собирался на родину.

— Можно подарить его какой-нибудь девчонке. Наверняка будет рада.

— Спасибо, — поблагодарил я.

С заходом солнца общежитие погрузилось в тишину. Казалось, оно вообще превратилось в руины. С флагштока спустили флаг, из окон столовой струился слабый свет. Студенты разъехались по домам, поэтому освещалась лишь половина зала — левая, а в правой было темно. Но едой все же пахло. На ужин приготовили рагу под белым соусом.

Я взял банку со светлячком и поднялся на крышу. Там никого не было, и только сушилась на веревке забытая кем-то белая рубашка, которую вечерний ветерок раскачивал, словно сброшенный кокон. Я взобрался по приставной лестнице еще выше, на водонапорную башню. Круглый бак хранил тепло солнечного дня. Я присел на тесной площадке, облокотился на перила и на миг заметил прятавшуюся в облаках луну. По правую руку виднелись огни Синдзюку, по левую — Икэбукуро[1]. Лучи автомобильных фар слились в яркую реку света, которая перетекала от одного квартала к другому. Различные звуки смешивались в мягкий рокот, тучей нависавший над городом.

На дне банки едва различимо мерцал светлячок. Но свет его был слабым, цвет — бледным. Давно я не видел светлячков, но на моей памяти они светились под покровом летней ночи куда более отчетливо и ярко. Иначе и быть не должно.

Может, этот светлячок ослаб и умирает? Я взял банку за горлышко и слегка потряс. Светлячок ударился о стеклянную стенку и слегка подлетел. Но лучше светить не стал.

Видимо, память мне изменяет. И свет у светлячков на самом деле не такой яркий. Просто мне так казалось.

[1] Синдзюку и Икэбукуро — кварталы, прилегающие к двум одноименным крупным узловым станциям на кольцевой линии «Яманотэ» железнодорожной сети «Джапэн Рэйлроуд» в Токио.

А может, меня тогда окружала более густая темнота? Этого я припомнить не мог. Как и то, когда видел их в последний раз.

Я помнил лишь всплеск воды в ночной темноте. Еще там был старый кирпичный шлюз. В действие его приводил ворот. Это река, но почти стоячая, и поверхность чуть ли не сплошь заросла ряской. Вокруг темень, а над заводью шлюза летают сотни светлячков. Их свет отражается от воды, будто огненная пыльца.

Когда это было? И где?

Нет, не помню.

Теперь уже многое сдвинулось с прежних мест, переплетясь между собой.

Закрыв глаза, я дышал полной грудью и пытался разобраться в себе. С закрытыми глазами казалось, будто тело всасывается во мрак летней ночи. Если подумать, я впервые забирался на водонапорную башню после темна. Ветер дул четче обычного. Вроде бы несильный, он оставлял вокруг меня на удивление яркую траекторию. Ночь неспешно покрывала земную поверхность. И как бы городские огни ни пытались сокрыть ее существо, ночь отметала все эти попытки.

Я открыл крышку, достал светлячка и посадил его на травинку, пробившуюся у основания водонапорной башни. Светлячок долго не мог понять, что его окружает. Он копошился вокруг болта, забегал на струпья сухой краски. Сначала двигался вправо, но когда понял, что там тупик, повернул налево. Затем неторопливо взобрался на головку болта и как бы присел на корточки. Словно испустив дух, светлячок замер неподвижно.

Я следил за ним, откинувшись на перила. И долгое время ни я, ни он не шевелились — только ветер обдувал нас. Миллиарды листьев шуршали друг другу в темноте.

Я был готов ждать до бесконечности.

Светлячок улетел не сразу. Будто о чем-то вспомнив, он внезапно расправил крылья и в следующее мгновение мелькнул над перилами и растворился в густом мраке. Словно пытаясь нагнать упущенное время, начал спешно вычерчивать дугу возле башни. А дождавшись, когда полоска света растворится в ветре, улетел на восток.

Светлячок исчез, но во мне еще долго жила дуга его света. В толще мрака едва заметное бледное мерцание мельтешило, словно заблудшая душа.

Я несколько раз протянул руку во тьму, но ни к чему не смог прикоснуться. До тусклого мерцания пальцы не доставали самую малость.

Сжечь сарай

Я познакомился с нею на свадьбе у приятеля три года назад. Мне тогда исполнилось тридцать один, ей — двадцать, а значит, наш возраст различался почти на один астрологический цикл, что, в общем-то, не имело особого значения. В то время меня занимали куда более важные проблемы, чтобы думать еще о возрасте и прочей ерунде. Собственно говоря, она тоже особо об этом не беспокоилась. Я был женат, однако и это не имело значения. Казалось, она полагала, что возраст, семья и доход — такие же чисто наследственные вещи, как размер ноги, тембр голоса или форма ногтей. Иными словами, была нерасчетлива. Если хорошенько вдуматься... да, так оно, пожалуй, и было.

Она изучала пантомиму по какому-то там известному учителю, а на жизнь зарабатывала моделью в рекламе, но делала это с большой неохотой, часто отказываясь от предложений агента, из-за чего доход ее получался крайне скромным. Бреши в бюджете покрывались в основном расположением нескольких «бойфрэндов». Само собой, этих тонкостей я не знаю. Просто пытаюсь предположить, исходя из ее же часто повторявшихся рассказов.

При этом я ни в коем случае не хочу сказать, что она спала с мужчинами ради денег, или что-нибудь в этом роде. Пожалуй, все намного проще. Настолько, что многие, сами того не замечая, рефлекторно видоизменяют свои смутные повседневные эмоции в какие-то отчетливые формы, как то: «дружелюбие» «любовь» или «примирение». Толком объяснить не получается, но по сути — что-то вроде.

Несомненно, такое не длится до бесконечности. Продолжайся оно вечно, сама структура космоса оказалась бы перевернутой вверх ногами. Это может произойти только в определенное время и в определенном месте. Так же, как «чистить мандарин». О «чистке мандарина» я и расскажу.

В день первой нашей встречи она сказала, что занимается пантомимой. Меня это отчасти заинтересовало, но особо не удивило. Все современные молодые девушки чем-нибудь увлекаются. К тому же она мало походила на людей, которые шлифуют свой талант, занявшись чем-то всерьез.

Затем она «чистила мандарин». «Чистка мандарина» означает буквально то, что и написано. Слева от нее располагается стеклянная миска с наваленными горой мандаринами, справа — тоже миска, под шкурки. Такая вот расстановка. На самом деле ничего этого нет. Она в своем воображении берет в руку мандарин, медленно очищает шкурку, по одной дольке вкладывает в рот, выплевывая кожицу, а съев один мандарин, собирает кожицу в шкурку и опускает ее в правую миску. И повторяет этот процесс много-много раз. С первого взгляда ничего особенного. Однако, проследив минут десять-двадцать за происходящим, — мы болтали о пустяках за стойкой бара, и она почти машинально продолжала за разговором «чистить мандарин», — начало казаться, что из меня словно высасывают чувство реальности. Жуткое ощущение... Когда в Израиле судили Эйхмана, говорили, что лучше всего из его камеры-одиночки постепенно откачивать воздух. Я точно не знаю, как он умер, просто случайно вспомнил.

— У тебя, похоже, талант.

— Что? Это? Это так себе, никакой и не талант. Просто нужно не *думать, что здесь есть мандарины*, а *забыть, что мандаринов здесь нет*. Только и всего.

— И правда просто.

Этим она мне и понравилась.

Признаться, мы встречались нечасто: раз, самое большее два в месяц. Поужинав, шли в бар, джаз-клуб, гуляли в ночи.

Рядом с ней мне было беззаботно, я напрочь забывал о работе, которую не хотелось делать, о никчемных спорах без малейшего намека на результат, о непонятных людях с еще более непонятными мыслями. В ней крылась какая-то особая сила. Слушая ее бессмысленную болтовню, я впадал в легкую рассеянность, как в те минуты, когда смотришь на плывущее вдали облако.

Я тоже о многом рассказывал, но при этом не коснулся ни одной важной темы. Не оказалось ничего такого, о чем я должен был ей рассказать. Правда.

Нет ничего, о чем я должен рассказывать.

Два года назад весной умер от инфаркта отец, оставив, если верить ее словам, небольшую сумму денег. На них она решила ненадолго съездить в Северную Африку. Я так и не понял, почему именно туда, однако познакомил с одной подругой, работавшей в посольстве Алжира в Токио, благодаря которой она все-таки отправилась в эту африканскую страну. В конце концов я же и поехал провожать ее в аэропорт. Она была с одной потрепанной сумкой-бананом. Багаж досматривали так, будто бы она не *едет* в Африку, а *возвращается* туда.

— Правда же, ты вернешься в Японию?

— Конечно, вернусь.

...И вернулась — через три месяца, похудев на три килограмма и черная от загара. Вдобавок к этому, привезла из Алжира нового любовника, с которым попросту познакомилась в ресторане. В Алжире мало японцев, и это их объединило и сблизило. Насколько мне известно, он стал для нее первым настоящим любовником.

Где-то под тридцать, высокого роста, опрятный и вежливый. Правда, с совершенно невыразительным лицом, но человек симпатичный и приятный. Большие руки с длинными пальцами.

Почему я знаю о нем такие подробности? Потому что ездил их встречать. Внезапно из Бейрута мне пришла телеграмма, в которой значились лишь дата и номер рейса. Похоже, она хотела, чтобы я приехал в аэропорт. Когда самолет сел — а сел он из-за плохой погоды на четыре часа позже, и я все это время читал в кафе сборник рассказов Фолкнера, — эта парочка вышла, держась за руки. Совсем как добропорядочные молодожены. Она представила мне его, и мы почти рефлекторно пожали друг другу руки. Крепкое рукопожатие человека, долго живущего за границей. Затем пошли в ресторан — она

44

хотела во что бы то ни стало съесть «тэндон»[1], и съела его, а мы с ним пили пиво.

— Я работаю во внешнеторговой фирме, — сказал он, но о самой работе не распространялся. Может, потому, что не хотел о ней говорить, или же постеснялся, предположив, что это может показаться скучным, — я так и не понял. Правда, я и сам не жаждал слушать рассказы о торговле, поэтому задавать вопросы не отважился. Темы для беседы не находилось, и тогда он поведал о безопасности в Бейруте и водопроводе в Тунисе. Похоже, он неплохо разбирался в обстановке в странах Северной Африки и Ближнего Востока.

Покончив с «тэндоном», она широко зевнула и заявила, что хочет спать. Казалось, она тут же уснет. Да, совсем забыл: за ней водилась привычка засыпать, невзирая на местонахождение. Он сказал, что проводит ее до дома на такси, на что я возразил, дескать, электричкой выйдет быстрее, да мне и самому возвращаться... При этом для меня осталось загадкой, зачем я вообще приезжал в аэропорт.

— Рад был познакомиться, — сказал он мне без какого-либо намека на извинение.

— Взаимно...

После этого я виделся с ним несколько раз. Заприметь я где-нибудь случайно ее, рядом обязательно находился он. Назначь я ей свидание, случалось, он подвозил ее на машине до места встречи. Он ездил на спортивной немецкой машине серебристого цвета, на которой нельзя

---

[1] Тэндон — рис с тэмпура: рыбой, креветками или овощами, жаренными в кляре на растительном масле.

было найти *ни единого пятнышка*. Я почти не разбираюсь в машинах, поэтому подробно описать не могу, однако это была машина в духе черно-белых фильмов Федерико Феллини.

— Он наверняка богатый? — поинтересовался я как-то у нее.

— Да, — ответила она без всякого интереса. — Наверное, богатый.

— Неужели так хорошо зарабатывают во внешней торговле?

— Внешней торговле?

— Он же сам так сказал: «Работаю во внешнеторговой фирме».

— Ну... Может, и работает. Правда... Не знаю я толком. Он вообще-то не похож на работающего человека. Встречается с людьми, звонит по телефону, но так, чтобы трудиться изо всех сил...

— Совсем как Гэтсби.

— Ты о чем это?

— Да так, — ответил я.

Она позвонила после обеда в одно из воскресений октября. Жена с утра уехала к родственникам, оставив меня одного. День выдался солнечным и приятным. Глядя на камфарное дерево в саду, я жевал яблоко. Уже седьмое за день.

— Я сейчас недалеко от твоего дома. Ничего, если мы вдвоем заглянем в гости? — поинтересовалась она.

— Вдвоем? — переспросил я.

— Ну, я и он.

— Да... да, конечно.

46

— Тогда мы подъедем минут через тридцать, — выпалила она и повесила трубку.

Рассеянно посидев некоторое время на диване, я пошел в ванную, принял душ и побрился. Затем, вытираясь, почистил уши. Поразмыслив, прибираться в доме или нет, решил отказаться от этой затеи. На полную уборку времени не хватало, а если не убираться, как полагается, лучше не делать этого вовсе. По комнате валялись разбросанные книги, журналы, письма, пластинки, карандаши и даже свитер. При этом грязно в ней не было. Так, творческий беспорядок... Я как раз накануне закончил одну работу, и на другие занятия уже не оставалось ни сил, ни желания. Усевшись на диван, я взялся за очередное яблоко, посматривая на камфарное дерево.

Они приехали больше чем через два часа. Зашуршали колеса спортивной машины, затормозившей перед домом. Выйдя в прихожую, я заметил на дороге знакомый силуэт серебристого цвета. Подружка махала мне рукой из открытого окна. Я показал за домом место для парковки.

— А вот и мы! — воскликнула она, улыбаясь. Сквозь тонкую блузку отчетливо виднелись ее соски, мини-юбка отливала оливково-зелеными тонами.

Он был одет в спортивную темно-синюю кофту европейского стиля. Мне показалось, он производит несколько иное впечатление, чем при последней нашей встрече, из-за по меньшей мере двухдневной щетины. Однако в его случае даже щетина не делала его неряшливым, просто тени на лице стали гуще. Он вставил солнечные очки в нагрудный карман и слегка шмыгнул носом. Этак стильно.

— Извините, мы так нежданно нагрянули в выходной... — сказал он.

— Ничего страшного. У меня каждый день похож на выходной. Да и... скучал я от одиночества, по правде говоря.

— Мы привезли немного еды, — сообщила она и достала с заднего сиденья большой бумажный пакет.

— Еды?

— Так, ничего особенного. Просто подумали: неудобно идти в гости с пустыми руками. К тому же в воскресенье, — пояснил он.

— Вообще-то это хорошая мысль, если учесть, что я с утра питаюсь одними яблоками.

Мы вошли в дом и разложили продукты на столе. Признаться, получился неплохой наборчик. Хорошее белое вино и сэндвичи с ростбифом, салат и копченая красная рыба, голубика и мороженое. И всего — помногу. В сэндвичи с ростбифом, как полагается, входил кресс-салат, горчица тоже была настоящей. Переложили еду на тарелки и открыли вино — будто небольшая вечеринка.

— Мне даже как-то неудобно...

— Ничего-ничего. Считайте это маленькой компенсацией за нашу бесцеремонность.

— Давайте уже есть! А то у меня в животе урчит! — взмолилась она.

На правах хозяина я разлил по бокалам вино и предложил тост. Вино оказалось несколько терпким. Хотя после нескольких глотков это ощущение притупилось.

— Можно поставить какую-нибудь пластинку? — спросила она.

— Давай, — ответил я.

Она уже была один раз у меня дома, поэтому без всяких объяснений знала, что где можно взять. Достала с полки несколько любимых пластинок, смахнула с них пыль и поставила на проигрыватель.

— До боли знакомый аппарат, — заметил он.

Это об авточейнджере марки «Галлард». И в самом деле — такая модель уже стала редкостью, и мне пришлось немало усилий приложить, чтобы найти ее в хорошем состоянии. Тем более приятно, когда человек понимает в этом толк. Так разговор на время переключился на аппаратуру.

Ей нравились старые джазовые вокалисты, поэтому у нас звучали Фрэд Астэр, Бинг Кросби. Между ними затесалась струнная серенада Чайковского, которую сменил Нэт Кинг Коул.

Мы поглощали сэндвичи, салат, копченую красную рыбу. Когда закончилось вино, я достал из холодильника баночное пиво, и мы принялись за него. Благо, пиво у меня всегда стоит в холодильнике плотными рядами. Дело в том, что один мой знакомый владеет небольшой фирмой и уступает по сходной цене неизрасходованные подарочные купоны.

Сколько бы он ни пил, цвет лица оставался неизменным. Я тоже не слабак, если дело доходит до пива. Да и она выпила несколько банок за компанию. Таким образом, менее чем за час на столе выстроились две дюжины пустых банок. Так, пустячок... Тем временем закончилась музыка. Она выбрала другие пять пластинок, и первой зазвучал Майлз Дэвис.

— Есть немного травки. Не хотите?

49

Я засомневался. Дело в том, что лишь месяц назад я бросил курить. Сейчас как раз настал переломный период, поэтому я боялся, не пропадут ли мои старания даром. Но в конечном итоге решился. Он достал со дна бумажного пакета алюминиевую фольгу, насыпал соломку на лист сигары и плотно свернул, смочив край языком. Затем подкурил от зажигалки, несколько раз затянулся, проверяя, хорошо ли подкурилось, и протянул мне. Марихуана оказалась отменного качества. Некоторое время мы без слов передавали косяк по кругу, делая по одной затяжке. Майлз Дэвис уступил место сборнику вальсов Иоганна Штрауса.

Когда мы докурили, она сказала, что хочет спать. Три банки пива, сверху конопля плюс недосып — тут и впрямь быстро уснешь. Я отвел ее на второй этаж в спальню. Быстро раздевшись до трусиков, она натянула одолженную у меня майку, нырнула в постель и уже через пять секунд засопела. Я спустился вниз, покачивая головой.

Сидя в гостиной на диване, ее любовник уже готовил второй косяк. Крепкий парень. По правде говоря, мне сейчас хотелось нырнуть в постель рядом с нею и тоже уснуть крепким сном. Но это было бы не по-хозяйски. Мы закурили. Продолжали играть вальсы Штрауса. Почему-то вспомнился спектакль на смотре самодеятельности в начальной школе. Я играл тогда роль дядьки из перчаточной лавки. К перчаточнику приходит лисенок купить перчатки. Но денег лисенку не хватает.

— Тогда ты не сможешь купить перчатки, — говорю я. (Такая отрицательная у меня была роль.)

— Дяденька! Но маме так холодно, что шкурка на лапках трескается, — упрашивает лисенок.

— Нет, не годится! Накопи денег и приходи снова. Тогда...

— Иногда жгу сараи, — сказал он.

— Прошу прощения?.. — Я слушал несколько рассеянно и решил, что лучше переспросить.

— **Иногда жгу сараи!** — повторил он.

— Я посмотрел на него. Он обводил ногтем контур зажигалки. Затем глубоко затянулся, подержал дым секунд десять и потихоньку выдохнул. Дым выплывал из его рта наружу совсем как эманация медиума у спиритов. Он передал мне косяк, проговорив:

— Хорошая все-таки штука.

Я кивнул.

— Эту привезли из Индии. Я выбирал лучшего качества. Когда куришь ее, вспоминаются всякие странные эпизоды вместе с цветом и запахом. Вот такая вещь. При этом память... — он несколько раз прищелкнул пальцами, выдерживая небольшие паузы, — ...совершенно изменяется. Вы так не думаете?

Я согласился и тут же вспомнил суматоху на сцене во время спектакля, запах краски, картонные декорации...

— Хотелось бы услышать о сараях, — сказал я.

Он посмотрел на меня, и на его лице по-прежнему отсутствовало какое-либо выражение.

— Можно начинать?

— Конечно, — ответил я.

— Все очень просто: разбрызгиваю бензин, подношу горящую спичку, воспламенение, и на этом — конец. Не проходит и пятнадцати минут, как огонь спадает.

— И что дальше? — спросил я и закрыл рот, не в состоянии найти следующей подходящей фразы. — Почему ты жжешь сараи?

— Что, странно?

— Не знаю. Ты жжешь. Я не жгу. И между тем и другим есть определенное различие. По мне, чем говорить, странно это или нет, прежде хочется выяснить это различие. Для нас обоих. К тому же ты первый завел об этом разговор.

— Да, это так. Кстати, а у вас есть пластинки Рави Шанкара?

Я ответил, что нет.

Он некоторое время пребывал в рассеянности.

— Обычно сжигаю один сарай в два месяца, — сказал он и опять щелкнул пальцами. — Мне кажется, такой темп в самый раз. Несомненно, для меня.

Я неопределенно махнул головой. **Темп?**

— Значит, ты жжешь свои сараи?

Он обалдело посмотрел на меня.

— С чего это я должен жечь свои сараи? И почему вы думаете, что у меня их должно быть много?

— То есть, — уточнил я, — это чужие сараи?

— Ну да! Конечно! Поэтому... одним словом, это преступление. То же самое, что мы сейчас с вами курим здесь коноплю. *Отчетливо выраженное преступление.*

Я молча сидел, поставив локоть на ручку кресла.

— Это значит, что я без спроса поджигаю чужие сараи. Правда, выбираю такие, от которых не возникло бы большого пожара. Я не собираюсь *устраивать пожары,* просто хочется *сжигать сараи.*

Я кивнул и затушил косяк.

— А если поймают, проблем не возникнет? Во всяком случае, за поджог могут и срок дать.

— Не поймают, — беспечно отмахнулся он. — Я обливаю бензином, чиркаю спичкой и сразу же убегаю.

Затем наслаждаюсь, глядя издалека в бинокль. Не поймают. Потому что полиция не станет суетиться из-за какой-то одной сараюшки.

— К тому же никому и в голову не взбредёт, что респектабельный молодой человек на иномарке будет заниматься поджогами сараев?

— Вот именно, — слегка улыбнулся он.

— А она? Тоже знает об этом?

— Она ничего не знает. О таких вещах я не говорю никому.

— Почему тогда мне рассказал?

Он приподнял левую руку и еле слышно поскрёб пальцами по щетине.

— Вы пишете повести. К тому же должны хорошо разбираться в мотивах человеческих поступков. Мне кажется, писатели... одним словом, прежде чем оценивать вещи и поступки, наслаждаются ими в первозданном виде. Потому и рассказал.

Я на некоторое время задумался над его словами. Резонно...

— Ты, наверное, имеешь в виду первоклассных писателей? — спросил я.

Он ухмыльнулся.

— Может, это выглядит странно. — Он вытянул перед собой руки и сцепил пальцы в замок. — В мире огромное количество сараев, и мне кажется — все они ждут, когда я их сожгу. Будь то одинокий сарай на берегу моря или посреди поля. Попросту говоря, любому сараю достаточно пятнадцати минут, чтобы красиво сгореть. Как будто его и не было в помине. Никто и горевать не станет. Просто — пшик, и сарай исчезает.

— Так ты сам решаешь, нужен он или нет?

— Я ничего не решаю. Просто наблюдаю. Как дождь... Дождь идет. Река переполняется водой. Что-то сносится течением. Дождь что-нибудь решает? Ничего! Я верю в такую вещь, как нравственность. Люди не могут без нее жить. Я думаю, нравственность — это одновременное существование.

— Одновременное существование?

— Короче говоря, я нахожусь здесь и нахожусь там. Я нахожусь в Токио, и я же одновременно нахожусь в Тунисе. Я же упрекаю, я же и прощаю. Что еще имеется помимо этого?

Вот те на...

— Я считаю, это несколько крайнее мнение. В конце концов, оно строится на основе предположения. Говоря строго, если использовать только отдельное понятие «одновременность» — возникнет лишь сплошная неопределенность.

— Понимаю. Просто я хочу выразить свое настроение в качестве настроения. Но... давайте закончим этот разговор. Я всю свою молчаливость сполна выговариваю, пропустив несколько стаканов спиртного.

— Пиво будешь?

— Спасибо, не откажусь.

Я принес с кухни шесть банок, а к ним — сыр камамбер. Мы выпили по три, закусывая сыром.

— Когда ты в последний раз сжег сарай? — поинтересовался я.

— Сейчас вспомню... — Он задумался, слегка сжав опустевшую банку. — Летом... в конце августа.

— А когда решил жечь в следующий раз?

— Не знаю. В принципе, это не значит, что я составляю график, делаю пометки в календаре и сижу, жду прихода того дня. Появится настроение — еду жечь.

— Но ведь в тот день, когда есть настроение, не обязательно имеется под рукой подходящий сарай?

— Конечно, — тихо ответил он. — Поэтому я заранее выбираю подходящий.

— И делаешь запас?

— Именно.

— Можно еще вопрос?

— Пожалуйста.

— Следующий сарай уже определен?

Он нахмурился, затем как-то всхлипнул и глубоко вдохнул.

— Да, определен.

Я молча допивал пиво маленькими глотками.

— Очень хороший сарай. Давно такого не было. По правде говоря, сегодня я приезжал сюда на разведку.

— То есть он где-то поблизости?

— Да, совсем рядом.

На этом разговор о сараях закончился.

В пять часов он разбудил подругу и извинился за неожиданный визит. Несмотря на двадцать выпитых банок пива, выглядел он абсолютно трезвым и уверенно вывел машину со стоянки.

— Поосторожней с сараем, — пожелал я ему на прощанье.

— Хорошо, — ответил он. — Как бы там ни было — совсем рядом.

— Что за сарай? — поинтересовалась она.

— Да так, мужской разговор, — отпарировал он.

— Ну-ну...

И они вдвоем исчезли.

Я вернулся в гостиную и завалился на диван. На столе царил бардак. Я надел через голову оброненную на пол шерстяную кофту и крепко заснул.

А когда открыл глаза, дом уже погрузился в сумрак. Семь часов.

Комнату обволакивали синеватая темень и едкий запах конопли. То была странная, неоднородная темнота. Не вставая с дивана, я попытался вспомнить продолжение школьного спектакля, но из этого ничего толком не вышло. Смог лисенок заполучить перчатки или нет?..

Я поднялся, открыл окно и проветрил комнату. Затем приготовил на кухне кофе и выпил его.

На следующий день я отправился в книжный магазин и купил карту своего района. Самую подробную, масштабом 1:20 000, включающую все вплоть до самой узкой тропинки. С этой картой я обошел окрестности дома и пометил крестиками все места, где имелись сараи. Потратив три дня, я исследовал весь район до последнего закоулка в радиусе четырех километров. Мой дом — в пригороде, где сохранилось немало крестьянских хозяйств. Следовательно, количество сараев тоже велико: всего набралось шестнадцать.

Тот, который он собирается сжечь, — наверняка один из них. Судя по его намеку «совсем рядом», я был уверен, что сарай не может находиться от моего дома дальше.

Затем я внимательно проверил обстановку вокруг каждого. Первым делом отбросил прилегающие близко к жилью и парникам. Далее исключил те, что по виду явно использовались под сельскохозяйственные механизмы и химикаты, предполагая, что он вряд ли захочет сжигать все эти механизмы с химикатами.

В конце концов осталось пять. Пять сараев под сожжение. Или же — пять беспрепятственно сжигаемых сараев из разряда тех, что сгорят за пятнадцать минут, а когда догорят, никто о них даже не пожалеет. Другое дело, что не мне решать, какой именно он собирается сжечь. Дальше — вопрос вкуса. Хотя мне страсть как хотелось узнать, на какой из пяти пал его выбор.

Я раскрыл карту, оставил эти пять, а на месте остальных крестики стер. Затем взял линейку, лекала и делительный циркуль и вычислил кратчайший путь от дома мимо этих пяти мест и обратно. Путь извилисто пролегал вдоль холмов и речки, поэтому работа заняла немало времени. В конечном итоге определился маршрут — семь километров и двести метров. Я повторил измерения несколько раз, что исключало ошибку в расчетах.

На следующее утро в шесть я надел спортивный костюм и обувь и отправился на пробежку. Каждый день я пробегал утром и вечером по шесть километров, поэтому добавить еще один не составляло особого труда. Неплохой пейзаж, по пути — два переезда, но закрываются они крайне редко.

Выйдя из дома, я обогнул стадион расположенного поблизости института, затем пробежал три километра по грунтовой и потому непопулярной дороге вдоль реки. По пути стоит первый сарай. Затем пересек рощу. Легкий подъем. Другой сарай. Чуть поодаль от него расположилась конюшня скаковых лошадей. Лошади, увидев огонь, может, всполошатся, но не более того, а это не есть реальный ущерб.

Третий и четвертый сараи похожи, как два безобразных старика-близнеца. Между ними меньше двухсот метров. Оба старые и грязные. Если жечь, то сразу оба.

Последний стоял сбоку от железнодорожного переезда. Где-то на отметке шести километров. Абсолютно и полностью заброшенный сарай. На стене, что со стороны полотна, прибит жестяной рекламный плакат «Пепси-колы». Строение — у меня, правда, нет уверенности, можно ли называть **это** строением, — находилось практически в полуразрушенном состоянии. Как он и говорил, сарай выглядел так, словно ждал, когда его кто-нибудь подожжет.

Я ненадолго остановился возле последнего сарая, несколько раз глубоко вдохнул, пересек переезд и вернулся домой. Тридцать одна минута и тридцать секунд. Что ж, на первый раз неплохо. Затем я принял душ, позавтракал и, прежде чем заняться работой, послушал пластинку, глядя на камфарное дерево.

Таким образом, целый месяц я каждое утро бегал по этому маршруту, но сараи оставались целыми.

Может, он просто подбивал **меня** на поджог сарая? Иными словами, вложив в мою голову образ горящего сарая, раздувал его, словно накачивал воздухом велосипедные колеса. И в самом деле, я иногда подумывал: чем вот так ждать, пока сожжет он, быстрей самому чиркнуть спичкой и сжечь сарай первым. Ну в самом деле. Всего лишь старый сарай...

Бред какой-то. Ведь проблема в том, что я не собираюсь сжечь сарай. Сарай сожжет **он**! Наверное, он поменял намеченную цель на другую. Или же настолько занят, что на поджог не остается времени. От нее тоже не было звонков.

Минула осень. Настал декабрь. Утренний морозец пробирал до костей. Белый иней осел на крыши сараев, которые по-прежнему стояли на своих местах. Зимние птицы летали по застывшей роще, громко хлопая крыльями. Мир продолжал свое неизменное движение.

В следующий раз я встретил его в середине декабря прошлого года, незадолго до Рождества. Повсюду звучали рождественские песни, кипела торговля. В тот день я поехал в город купить подарки: жене — серый свитер из альпаки, двоюродному брату — кассету с рождественскими песнями в исполнении Уилли Нелсона, племяннику — книжку с картинками, подружке — точилку для карандашей в форме оленя, себе самому — зеленую спортивную майку. Держа в правой руке бумажный пакет с покупками, а левую засунув в карман шерстяного пальто, я шел по кварталу Ногидзака — и тут приметил его машину. Вне всяких сомнений, это была его серая спортивная машина с номером Синагавы и *маленькой царапиной* сбоку от левой передней фары. Машина мирно стояла на парковке кафе. Я без колебаний вошел внутрь.

В помещении господствовал мрак и витал запах кофе. На фоне барочной музыки почти не слышались голоса посетителей. Я сделал вид, что ищу место, а сам искал его. Он нашелся сразу — сидел возле окна, пил «кафе о-лэ». Несмотря на жару в помещении, от которой моментально запотели мои очки, он сидел, как был — в кашемировом пальто, даже не сняв шарф.

Я слегка поколебался, но все-таки решил подойти. При этом не стал говорить, что увидел машину. Просто случайная встреча.

— Можно присесть? — спросил я.

— Конечно! Пожалуйста! — ответил он.

Мы немного поболтали о пустяках. Разговор не кле-
ился. Изначально у нас и не было общих тем для беседы,
да и он, как мне показалось, думал о чем-то своем. Несмотря на это, мое присутствие не было ему в тягость.
Он рассказал о Тунисском порте, затем поведал о вылав-
ливаемых там креветках. Не похоже, будто говорит только из вежливости. Разговор о креветках шел всерьез. Однако прервавшись на полуслове, беседа так и не возоб-
новилась.

Он поднял руку и заказал вторую чашку кофе с молоком.

— Кстати, что сталось с сараем? — решительно спросил я.

Он едва заметно улыбнулся.

— Сарай? Конечно, сжег! Красиво, как и обещал.

— Рядом с моим домом?

— Да, совсем рядом.

— Когда?

— Уже давно: дней через десять после того, как мы
заезжали к вам в гости.

Я поведал ему о пометках на карте и ежедневных
двухразовых пробежках.

— ...поэтому я не мог бы прозевать.

— Да, обстоятельно, — весело сказал он. — Обстоятельно и теоретично. Но при этом все равно прозевали.
Так порой бывает. Видимо, он был слишком близко, чтобы заметить.

— Ничего не понимаю.

Он перевязал галстук, затем посмотрел на часы.

— Слишком близко, — повторил он. — Ну, мне пора
идти. Может, поговорим об этом подробней в следующий раз? Извините, просто я заставляю ждать человека.

У меня не было причин задерживать его. Он встал, положил в карман сигареты и зажигалку.

— Кстати, вы с тех пор не встречались с ней?

— Нет. А ты?

— Я тоже. Связи никакой, в квартире не застать, телефон молчит, в школе пантомимы не появляется.

— Может, уехала куда ни с того ни с сего? С ней раньше такое случалось.

Он смотрел поверх стола, засунув руки в карманы.

— Без гроша за душой? И уже полтора месяца? В декабре?

— Не знаю, — ответил я.

Он несколько раз щелкнул пальцами в кармане пальто.

— Я точно знаю, что у нее нет ни денег, ни друзей. Хоть блокнот и полон адресов, друзей у нее нет. Но вам она доверяла, и это — не комплимент.

Он опять взглянул на часы.

— Ну, я пошел. Может, еще где и свидимся.

После той случайной встречи я несколько раз пытался ей позвонить. На телефонной станции мне сказали, что номер отключен. Обеспокоенный, пошел к ней домой. Но было даже непонятно, живет она еще там или нет. Вырвав лист из блокнота, написал записку с просьбой непременно связаться со мной, подписал адрес и втолкнул в почтовый ящик на двери. Ответа не последовало.

Когда я пришел в ее дом в следующий раз, на двери уже висела табличка с именем другого человека. Я попробовал постучать, но дверь никто не открыл. Привратник по-прежнему отсутствовал.

И я смирился. Произошло это почти год назад.
Она просто исчезла.

Я по-прежнему каждое утро пробегаю мимо пяти сараев. До сих пор не сгорел ни один из них. Я даже не слышал, чтобы в округе случилось что-нибудь подобное. Опять настал декабрь, над головой летают зимние птицы. А я продолжаю стареть.

Под покровом ночи я время от времени размышляю о горящих сараях.

Танцующая фея

Во сне явилась фея и пригласила меня на танец.

Я прекрасно понимал, что это — сон, но даже так я сильно устал и потому вежливо отказался. Фея не подала виду и танцевала одна.

Она опустила на землю переносной проигрыватель и танцевала под пластинку — их вокруг было разбросано великое множество. Когда пластинка заканчивалась, фея не возвращала ее в конверт, а бросала как попало, так что в конце концов пластинки перепутались, и она распихивала их подряд без разбору. Так в конверте из-под Гленна Миллера оказались «Роллинг Стоунз», а вместо балета Равеля «Дафнис и Хлоя» — хор Митча Миллера.

Но фее было все равно. Она и сейчас танцевала под Чарли Паркера из конверта «Шедевров гитарной музыки». Она витала, словно ветер. Я наблюдал за ее танцем, поедая виноград.

Тем временем фея изрядно взмокла, и когда трясла головой, вокруг разлетались капельки пота, взмахивала руками — и пот капал с пальцев. Но она все равно продолжала танцевать без передышки. Заканчивалась музыка, я ставил миску с виноградом на землю, менял пластинку, и она опять танцевала.

5-1699

— А ты действительно прекрасно танцуешь, — заговорил я с ней. — Прямо сама музыка.

— Спасибо, — жеманно ответила она.

— Ты всегда так танцуешь? — поинтересовался я.

— Ну, в общем-то, да.

Затем она встала на кончики пальцев и очень умело сделала фуэте. Ветер всколыхнул ее пышные мягкие волосы. Вышло у нее так грациозно, что я невольно захлопал в ладоши. Она сделала почтительный реверанс, а музыка тем временем закончилась. Она остановилась и вытерла пот полотенцем. Пластинку в самом конце заело, тогда я поднял иглу и выключил проигрыватель.

— Долгая история, — сказала фея, и вскользь взглянула на меня. — У вас, поди, и времени-то нет.

Не забывая о винограде, я раздумывал, что бы ей ответить. Времени у меня хоть отбавляй. Вот только выслушивать длинную историю феи как-то не хотелось, да к тому же — во сне. Сон ведь такая штука — длится недолго, в любой момент может улетучиться.

— Я приехала с севера, — не дожидаясь моего ответа, самовольно начала фея и щелкнула пальцами. — Северяне — они никогда не танцуют. Не знают, как танцевать. Они даже понятия не имеют, что это такое. А мне хотелось. Хотелось двигаться, взмахивать руками, трясти головой, кружиться. Примерно так.

И она задвигалась, замахала руками, затрясла головой и закружилась. Если присмотреться, все эти движения вырывались из ее тела, словно шаровые молнии. Ни одно само по себе сложным не казалось, но в едином порыве они складывались в изящную гармонию.

— Вот как мне хотелось танцевать. За тем и поехала на юг. Здесь стала танцовщицей, танцевала по кабакам.

Со временем меня заметили, даже удостоили чести выступить перед императором. Разумеется, дело было до революции. После революции, как вы знаете, Его Величество перешли в мир иной, меня из города выгнали, так я и стала жить в лесу.

Фея вновь вышла на середину поляны и начала танцевать. Я поставил пластинку. Как оказалось — старые записи Фрэнка Синатры. Фея потихоньку подпевала:

— Night and day...

Я представил, как она танцует у престола. Представил ослепительные люстры и красавиц фрейлин, заморские фрукты и копья гвардии, толстых евнухов, разбазарившего национальные богатства молодого императора в мантии, обливающуюся потом и не смеющую взглянуть на него фею... Видя такую картину, я не мог не думать, что вот-вот откуда-то издалека грянут пушки революции.

Фея продолжала танцевать, я — есть виноград. Солнце клонилось к горизонту, просторы окутывала тень леса. Огромная черная бабочка размером с птицу пересекла поляну и скрылась в его лоне. Похолодало. Я понял, что нужно прощаться.

— Тебе, кажется, пора? — спросил я фею.

Она прекратила танцевать и молча кивнула.

— Спасибо за танец, очень понравилось.

— Да ладно...

— Возможно, мы больше не увидимся. Будь счастлива.

— Да нет, — покачала головой фея.

— Что значит — нет?

— Так получится, что вы опять придете сюда. Придете, поселитесь в лесу и будете танцевать со мной каждый божий день. Со временем научитесь танцевать весьма прилично.

Фея вновь щелкнула пальцами.

— С чего это я буду здесь селиться и танцевать с тобой? — удивленно спросил я.

— Видимо, судьба, — ответила фея. — Ее изменить никому не под силу. Выходит, мы когда-нибудь встретимся вновь.

Сказав это, она пристально посмотрела мне в лицо. Темнота, будто ночная вода, постепенно скрывала ее тело.

— До встречи, — сказала она, повернулась ко мне спиной и опять начала танцевать — наедине с собой.

Открываю глаза — один. Лежу на животе, весь в испарине. За окном летают птицы, но на обычных птиц они не похожи.

Я тщательно умылся, побрился, поджарил в тостере хлеб и сварил кофе. Затем дал кошке еды, поменял песок в ее туалете, повязал галстук и обулся. На автобусе поехал на завод. Там мы делаем слонов.

Разумеется, сразу слона не сделаешь, поэтому завод делился на несколько цехов, и за каждым был закреплен определенный цвет. В этом месяце меня направили в цех, отвечавший за уши, и я работал в здании с желтым потолком и колоннами. Шлем и брюки — такого же цвета. Последнее время я занимался слоновьими ушами. А в прошлом месяце я — в зеленом шлеме и брюках — корпел в зеленом цехе над головами.

Работа над головой — не из легких. Тут и впрямь начинаешь осознавать важность порученного дела. В сравнении с этим уши — халява. Делов-то: раскатать тонкую лепешку да нанести на нее *морщины*. Мы называем перевод в ушной цех «ушным отпуском». Отдохнув с месячишко на ушах, следующим будет назначение в цех хоботов. Создание хоботов — процесс тонкий, отнимает немало сил. Не будет хобот гибким, не будет прямым отверстие, готовый слон может разозлиться и впасть в буйство. Изготовление хоботов требует крепких нервов.

Сразу же оговорюсь: мы создаем слонов не на пустом месте. Если быть точным, мы их «приумножаем». Поймав одну особь, отчленяем от тела уши, хобот, голову, лапы и хвост и путем аккуратных подгонок выдаем уже пять слонов. Таким образом, каждый вновь образованный слон лишь на $^1/_5$ часть настоящий, а остальные $^4/_5$ — подделка. Но этого не замечают ни окружающие, ни сами слоны, так ловко у нас все выходит.

Зачем нужно искусственно создавать — или приумножать — слонов? Затем, что мы по сравнению с ними очень суетливы. Оставь это все на произвол природы — и слоны будут рожать лишь одного слоненка в 4—5 лет. Мы, конечно же, их очень любим, но когда наблюдаем за их привычками и поведением, начинаем сердиться. Вот и решили приумножать слонов собственными силами.

Приумноженные слоны во избежание злоупотреблений прежде всего приобретаются корпорацией по снабжению слонами, где под жестким контролем проходят двухнедельную проверку способностей. Затем им ставят на подошву клеймо корпорации и отпускают в джунгли. Обычно мы создаем за неделю по пятнадцать особей. И хотя перед Рождеством, используя весь ресурс оборудования, можем доводить выпуск до двадцати пяти, лично я считаю, что пятнадцать — самое оптимальное количество.

Как я уже говорил, цех по производству ушей — самое нетрудоемкое место во всем технологическом процессе. Не требуется ни особых усилий, ни тонких нервов, ни сложных механизмов. Даже объем работ — и тот незначителен. Можно не спеша ковыряться весь день, или выполнить всю норму до обеда, а потом бить баклуши.

Мы с напарником — не из тех, кто работает спустя рукава. Поработав ударно до обеда, после перерыва болтаем на разные темы, читаем книжки, занимаемся своими делами. В тот полдень мы тоже развесили на стене десяток ушей, на которые оставалось лишь нанести *морщины*, и, развалившись на полу, грелись на солнышке.

Я рассказывал об увиденной во сне танцующей фее. Я от начала и до конца отчетливо помнил сон и без всякого стеснения делился с напарником всем, вплоть до мелочей. Где не хватало слов, натурально тряс головой, размахивал руками, двигал ногами. Напарник, потягивая чай, внимательно слушал. Он старше меня на пять лет, мощного телосложения, с густой бородой и молчаливый. Еще у него есть привычка думать, скрестив руки на груди. Может, из-за выражения лица на первый взгляд он кажется гигантом мысли, хотя на самом деле все далеко не так. В большинстве случаев он уже вскоре резко выпрямляется и как отрезает: «Однако!»

Вот и на этот раз, дослушав мою историю, он глубоко задумался, да так надолго, что мне пришлось, коротая время, вытирать тряпкой панель электромехов. Но вскоре он, как обычно, резко выпрямился и произнес:

— Фея, танцующая фея... однако!

Я тоже по обыкновению не требовал от него конкретного ответа, поэтому особо не расстроился. Вернул электромеха на прежнее место и принялся за остывший чай.

Но мой напарник, на редкость изменяя себе, продолжил раздумья.

— Что с тобой? — поинтересовался я.

— Кажется, я где-то и раньше слышал эту историю про фею.

— Да ну? — с удивлением воскликнул я.

— Помню, что слышал, — вот только где?

— Попробуй вспомнить, а?

— Угу, — лишь обронил он и опять надолго задумался.

Вспомнил он через три часа — дело шло к вечеру, пора было расходиться по домам.

— Так-так! — воскликнул он. — Насилу вспомнил.

— Молодчина!

— Знаешь старика Уэо из шестого технологического?.. Ну, у него седые волосы до самых плеч... Такой беззубый... Еще говорил, что пришел на завод до революции.

— Ну?

Этот старик вполне мог видеть ее в кабаках.

— Помнится, он давненько уже рассказывал мне похожую историю. О танцующей фее. Я-то всерьез не воспринимал — думал, старческие байки. Но послушал тебя и понял, что он не заливал.

— О чем он говорил? — поинтересовался я.

— Так... о чем... старая это история, — вымолвил напарник, скрестил руки и опять задумался. Но больше ничего вспомнить не сумел.

Вскоре он выпрямился и сказал:

— Нет, не припомню. Лучше тебе встретиться со стариком самому. Выслушать все собственными ушами.

Так я и решил.

Сразу после сигнала об окончании рабочего дня я направился на шестой участок, но старика и след простыл. Там подметали пол только две девушки. Та, что постройнее, подсказала, что можно поискать его в старом кабаке. Я поспешил в кабак; старик действительно оказался там. Сидя за стойкой бара на высоком табурете, старик, широко расставив локти, пил сакэ. Рядом лежала кошелка с его ужином.

Кабак был старинный. Очень и очень древний. Не родился я, не свершилась революция, а кабак уже стоял. Из поколения в поколение создатели слонов выпивали здесь сакэ, перекидывались в картишки, пели песни. Стены сплошь увешаны старинными фотографиями завода: вот первый директор инспектирует слоновью кость, а вот знакомится с производством известная в прошлом актриса... При этом все фотографии императора и его семьи, вообще любые снимки на монаршую тематику сожжены руками солдат революционной армии. Зато сами революционные снимки наличествуют: революционная армия разбила лагерь на территории завода, революционная армия повесила бывшего директора...

Старик сидел под древней поблекшей фотографией «Трое подмастерьев шлифуют слоновью кость» и пил. Я поздоровался, сел рядом, а он показал пальцем на фотографию и сказал:

— Это — я.

Я перевел взгляд и посмотрел на фотографию. Самый правый, годков двенадцати-тринадцати юнец и впрямь походил на старика в молодости. Сам бы я, конечно, не догадался, но раз сказали, то отметил у него на лице выступающий нос и припухлые губы. Сдается мне, он постоянно сидит на этом месте и каждый раз показывает незнакомым посетителям: «Это — я».

— Старинная фотография, — начал я издалека.

— Дореволюционная, — спокойно ответил старик. — Вот таким шпанюком я был в ту пору. Все стареют. Ты тоже вскоре станешь как я. Дай только срок! — Старик широко открыл свой рот и, сплюнув, закряхтел.

После чего пустился рассказывать о революции. Оказалось, он ненавидел как монархию, так и революцию. Дав ему выговориться, я уловил момент, угостил выпивкой и неожиданно спросил, не знает ли он чего о танцующей фее.

— О танцующей фее? Ты хочешь услышать о танцующей фее?

— Хочу, — подтвердил я.

Старик пристально уставился мне в глаза, а затем спросил:

— Зачем тебе?

Пришлось соврать:

— Слыхал от людей, стало интересно.

Старик продолжал пристально смотреть мне в глаза, но вскоре его взор угас до характерного выражения пьяного человека.

— Хорошо, расскажу за то, что ты угостил меня выпивкой, но помни, — он поднял перед моим лицом указательный палец, — не вздумай никому о ней болтать. После революции минуло немало годков, но упоминать о фее по-прежнему нельзя. И я тебе ничего не говорил. Понял?

— Понял.

— Тогда закажи еще по одной. И давай пересядем за стол.

Я заказал еще две порции, и мы перешли за стол, чтобы кабатчик не мешал старику рассказывать. На столе стоял зеленый абажур, стилизованный под слона.

— Дело было до революции. Приехала сюда с севера фея. Танцевать она умела. Да что там — прекрасно она танцевала. Сама была самим что ни есть танцем. Никто ей в подметки не годился. Ветер и свет, запах и тень — все собиралось воедино и взрывалось у нее внутри. Вот как у нее все получалось. Да, редкого умения она была.

Старик приложился остававшимися зубами к стакану.

— А вы сами видели, как она танцует?

— Мне-то не видеть?! — Старик посмотрел на меня, затем развел над столом руками. — Разумеется, видел. Каждый день. Каждый день прямо здесь.

— Здесь?

— Конечно. А где же еще? Если она каждый день здесь танцевала. До революции.

По словам старика, фея приехала сюда без гроша в кармане, прибилась к кабаку, где собирались рабочие завода слонов, выполняла подсобную работу. Но вскоре ее умение танцевать приметили, и она стала танцовщицей. Первое время рабочие ждали от нее танцев, присущих молодым девушкам того времени, и даже недовольно бурчали, но вскоре голоса поутихли, и теперь уже все, сжимая в руках стаканы, не могли оторвать глаз от ее танцев. Она танцевала совсем не так, как другие. Попросту говоря, вынимала из душ зрителей то нутро, которым они обычно не пользовались, о существовании которого едва догадывались, — словно рыбьи кишки на разделочную доску.

Фея танцевала здесь полгода. Кабак ломился от посетителей. Все приходили посмотреть на ее танцы: некоторые при этом погружались в безграничное счастье, некоторые предавались нескончаемой скорби. Искусством управлять людскими чувствами фея овладела безупречно.

Вскоре слух о танцующей фее докатился до предводителя местного дворянства, который, к слову, владел окрестными землями и находился в тесных отношениях с заводом слонов, но впоследствии был схвачен революционной армией и заживо запаян в бочку для варки *клея*, — а от того, в свою очередь, и до молодого императора. Поклонник музыки, император непременно захотел увидеть танцы феи. И вот прямо к кабаку пристал корабль с императорским гербом, и гвардия с почестями сопроводила ее во дворец. Хозяину кабака пожаловали до неприличия круглую сумму. И хотя среди посетителей нашлись недовольные, протестовать было по крайней мере бессмысленно. Ничего не поделаешь — они, как и прежде, пили сакэ и пиво и довольствовались танцами молодых девиц.

А что же фея? Ей выделили комнату в дворцовых покоях, придворные дамы омыли ее тело, облачили в шелковые одеяния, обучили, как вести себя перед императором. На следующий вечер ее повели в широкую залу дворца. Там ее дожидался императорский оркестр, который заиграл сочиненную Его Величеством польку.

Фея стала танцевать. Сначала — неспешно, как бы подстраивая тело под музыку, наращивая темп постепенно, и под конец закружилась как вихрь. Люди следили за ней, затаив дыхание. Никто не проронил ни слова. Несколько знатных дам лишились чувств. Император нечаянно выронил на пол хрустальный бокал с золотым сакэ, но никто даже не обратил внимания на грохот.

Старик прервался, поставил стакан на стол и вытер рот рукой. Затем пощелкал выключателем абажура-слона. Я ждал, когда он продолжит рассказ, но старик молчал. Я подозвал кабатчика, заказал пиво и сакэ. Кабак начал заполняться посетителями, на сцене молодая певица настраивала гитару.

— Ну и что было дальше? — спросил я.

— А... — как бы опомнился старик. — Свершилась революция, императора казнили, фея сбежала.

Я поставил локти на стол, взял в обе руки кружку, отхлебнул пива и уставился на старика.

— Выходит, революция произошла сразу после того, как фея попала во дворец?

— Выходит, так. Через год, — ответил старик и смачно отрыгнул.

— Ничего не понимаю. Только что вы предупреждали, что не можете упоминать о ней на людях. С чего бы это? Или есть какая-нибудь связь между феей и революцией?

— Ну-у, этого я и сам не знаю. Одно известно точно — революционная армия лихорадочно искала эту самую фею. Много с тех пор прошло времени, революция стала историей, а они по сей день ее ищут. Но при этом я в самом деле не знаю, какая связь между феей и революцией. Ходят только слухи.

— Какие слухи?

Старик нерешительно глянул на меня.

— Слухи — в конце концов, они и есть слухи. Правду не знает никто. А по слухам, фея применяла во дворце нечистую силу. Некоторые считают, что из-за этого революция и свершилась. Вот все, что я о ней знаю. Больше ничего.

Старик глубоко выдохнул и залпом опрокинул стакан розоватого пойла. Жидкость потекла по краям губ и закапала на обвисшую рубаху.

Больше мне фея не снилась.

Каждый день я ходил на работу, продолжал ваять уши. Размягчив на пару́ материал, я прессовал, кроил, вставлял, доводя ушную массу до пятикратного объема, затем, высушив, наводил *морщины*. В обеденный перерыв ел с напарником бэнто[1] и разговаривал о новеньких — молоденьких девушках с восьмого технологического участка.

На заводе слонов работало изрядное количество женщин. Они в основном занимались сращиванием нервов, шитьем и уборкой. В свободное время мы разговаривали о девчонках. Те, в свою очередь, — о нас.

— Редкостная красавица, — восхищался напарник. — Все с нее глаз не сводят. Но она им пока не по зубам.

— Что, и впрямь такая красавица? — подозрительно переспросил я. Не впервой, когда я, наслушавшись всякого-разного, шел убедиться сам, но ничего стоящего не находил. Судить о внешности по таким слухам — обманчиво.

---

[1] Б э н т о — обеденный набор, обычно — в коробочке, разделенной на секции для индивидуальных порций.

— Я не вру. Хочешь — сходи прямо сейчас. Все равно бездельничаешь.

Перерыв на обед завершился, но делать нам действительно было нечего, и, придумав подходящую причину, мы решили сходить на восьмой участок. Чтобы попасть туда, необходимо преодолеть длинный тоннель. На входе в тоннель стоял охранник, но он меня знал, а потому пропустил, ничего не сказав.

На выходе из другого конца тоннеля текла река. Вниз по реке располагался цех восьмого участка. И крыша, и труба его были розового цвета — там производили ноги слонов. Я лишь четыре месяца назад работал на этом участке и чувствовал себя здесь как дома. Однако на входе стоял вахтер из новеньких.

— Что нужно? — спросил он.

— У нас закончился нервный кабель, пришли одолжить, — сказал я и откашлялся.

— Странно, — ответил охранник, посматривая на мою униформу. — Какая связь между цехом ушей и нервным кабелем цеха ног?

— Долгая история. Первым делом мы пошли в цех хоботов попросить кабель взаймы там. Но у них лишнего не оказалось. А им, в свою очередь, недоставало кабеля для ног. Вот они и сказали: принесете нужный кабель, дадим вам тонкий. Позвонили сюда, а здесь говорят: есть, приходите. Вот мы и пришли.

— Но я почему-то об этом не слышал.

— Это никуда не годится — скажи своим, чтобы впредь непременно сообщали и тебе.

Вахтер попытался было что-то возразить, но в конце концов нас пропустил.

Восьмой участок, иными словами цех по производству ног, — это пустынное плоско-вытянутое здание. Наполовину под землей, с шуршащим песчаным полом. Поверхность земли — как раз на уровне глаз. Узкие стеклянные окна едва пропускают свет. К потолку прикреплен рельс, по которому ездят, свисая, десятки слоновьих ног. Такое впечатление, что прямо с небес спускается их стадо.

В цехе работало около тридцати мужчин и женщин. Внутри мрачно, к тому же все работали в головных уборах, масках и пылезащитных очках, поэтому разобрать, кто там из них новенькая девушка, возможности не представлялось. Благо здесь же трудился один мой старый приятель, который подсказал:

— Пятнадцатый станок. Насадка ногтей. Но если ты убалтывать, можешь зря не стараться: броня.

— Спасибо, — лишь поблагодарил я.

Девушка за пятнадцатым станком была стройна — совсем как дитя со средневековой гравюры.

— Прошу прощения, — заговорил я. Девушка посмотрела на меня, на униформу, под ноги, и опять на меня. Затем сняла каску и защитные очки. Она действительно была очень красивой. Длинные ниспадающие волосы, глубокие, как море, глаза.

— В чем дело?

— Если будет время, не сходить ли нам завтра вечером на танцы? — попробовал предложить я.

— Завтра вечером я свободна и как раз собиралась идти на танцы — но не с вами.

— С кем-то есть уговор?

— Нет никакого уговора.

Девушка надела каску и очки, подхватила лежавший под рукой ноготь, приставила к лапе и замерила размер.

Ноготь чуть выступал по ширине — тогда она взяла доло-то и принялась тесать.

— Если нет уговора, пойдем со мной. Поужинаем в одном приятном ресторанчике.

— Нет, спасибо. Я хочу пойти на танцы одна. Хоти-те танцевать — приходите сами.

— И приду.

— Как вам будет угодно.

Девушка приставила стесанный ноготь к полости на ноге. На этот раз все подошло.

— Неплохо для начинающей, — заметил я.

На это она ничего не ответила.

Той ночью во сне опять явилась фея. Она сидела на брев-не посреди лесной поляны и курила. На сей раз не было ни проигрывателя, ни пластинок. После нашей первой встречи она выглядела уставшей и какой-то постарев-шей, хотя на родившуюся до революции старуху все рав-но никак не походила. Самое большее — на два-три года старше меня. Да и кто разберет возраст этих фей.

Делать было нечего, поэтому я несколько раз обошел вокруг нее, посмотрел на небо и только затем присел ря-дом. Небо было пасмурным, темные облака неслись на запад. Дождь мог хлынуть в любой момент. Пожалуй, фея оставила проигрыватель и пластинки в непромокае-мом месте.

— Привет, — кинул я.

— Привет, — ответила она.

— Сегодня не танцуешь?

— Сегодня — нет.

Фея, когда не танцевала, выглядела слабенькой и даже жалкой. Кто бы подумал, что она в свое время имела влияние при дворе?

— Что, нездоровится?

— Да, чувствую себя неважно. В лесу холодно. Поживи здесь один — еще не то начнется.

— Достается тебе.

— Нужна сила. Разливающаяся по жилам свежая сила. Свежая сила, чтобы продолжать без устали танцевать, чтобы не болеть, промокая под дождем, чтобы с легкостью носиться по горам. Вот что мне нужно.

— А-а.

Мы некоторое время молча сидели на бревне. Над головой — высокие кроны, листья шуршат на ветру. Временами меж стволами порхают гигантские бабочки.

— Кстати, у тебя ко мне какая-то просьба? — спросила фея.

— Просьба? — удивленно переспросил я. — Какая еще просьба?

Фея подобрала ветку и начертила кончиком на земле звездочку.

— Насчет девушки. Ты ведь ее хочешь?

Это о той новенькой с восьмого участка. Откуда фее о ней знать, но чего не бывает во сне.

— Хотеть-то хочу, но не настолько, чтобы просить тебя об этом. Буду пробовать своими силами.

— Твоими силами ничего не выйдет.

— Вот как? — занервничав, воскликнул я.

— Именно. Не выйдет. Как бы ты ни злился, ничегошеньки не выйдет.

Может, она и права, подумал я. С какой стороны ни посмотри, я простой парень, язык не подвешен, не при деньгах. Куда такому увлечь за собою красавицу!

81

— Но стоит мне приложить усилие, глядишь, что-нибудь да выйдет, — нежно шепнула фея.

— Какое такое усилие? — заинтригованно поинтересовался я.

— Танцы! Она любит танцы. Станцуешь перед ней лихо — считай, она твоя. И тебе останется встать под дерево и ждать, когда плод сам упадет тебе в руки.

— И что, ты научишь меня танцевать?

— Можно и научить. Только за день-два ничего не выйдет. Потребуется полгода усердных ежедневных уроков. Иначе ты вряд ли сможешь танцем овладеть ее сердцем.

Я в отчаянии затряс головой.

— Столько времени у меня нет. Буду ждать полгода — ее уговорит кто-нибудь другой.

— Когда ты должен танцевать?

— Завтра, — ответил я. — Завтра вечером. Она придет на танцплощадку. Я тоже. Там я должен ее пригласить.

Фея начертила на земле несколько прямых параллельных линий и соединила их одной поперечной. Получился странный рисунок. Я молча всматривался в движения ее руки. Вскоре она выплюнула на землю окурок и растоптала его ногой.

— Выходит, другого способа нет. Если ты действительно ее хочешь.

— Очень.

— Хочешь узнать, что за способ?

— Хочу.

— Я заберусь в тебя. И, пользуясь твоим телом, станцую. Ты — крепкий, сил тебе хватит. Думаю, получится.

— Что касается тела, другим не уступаю. А что, действительно получится? Станцевать, забравшись в меня?

— Получится. К тому же девушка тогда однозначно твоя. И дело в шляпе.

Я облизнул кончиком языка губы. Слишком складно все выходит. Но вполне может быть, что, оказавшись во мне раз, она уже не выйдет обратно. Таким образом, она меня попросту захватит. Как бы ни хотел я переспать с девчонкой, такого допускать нельзя.

— Не бойся. Не собираюсь я захватывать твое тело, — словно прочитав мои мысли, успокоила она.

— Много о тебе ходит всяких слухов.

— И все, поди, скверные?

— Именно.

Фея понимающе ухмыльнулась.

— А все-таки не бойся. Даже я не могу так запросто завладеть чужим телом навечно. Для этого требуется контракт. Иными словами, такое невозможно без взаимного согласия. Боишься, что захвачу навеки?

— Само собой, — с дрожью ответил я.

— Но мне тоже нет резона заниматься для тебя уговорами за здорово живешь. Теперь о главном, — и она подняла палец, — есть у меня одно условие. Не то чтобы сложное, но условие.

— Какое?

— Я забираюсь в тебя, иду на танцплощадку и увлекаю за собой девушку — в смысле, соблазняю ее танцем. Ты ее получаешь. За это время ты не произносишь ни слова. Нельзя даже подавать голос. До тех пор, пока она тебе не отдастся.

— А как же можно молча уговорить девушку? — запротестовал я.

— Да полно, — махнула она головой. — После моего танца любую можно взять молча. Так что не переживай. Значит, как войдешь на танцплощадку и до тех пор, пока она не отдастся, ты не произносишь ни звука. Понятно?

— А если произнесу? — поинтересовался я.

— Тогда твое тело — мое.

— А если справлюсь без голоса?

— Девушка твоя. Я выхожу и возвращаюсь в лес.

Я глубоко вздохнул. Как же тут поступить? Тем временем фея взяла ветку и принялась опять чертить замысловатые фигуры. Прилетела бабочка и уселась в центре рисунка.

— Согласен! — воскликнул я. — Была не была.

— По рукам.

Танцплощадка располагалась сбоку от главных ворот завода, и по субботам просто ломилась от молодых работников и девушек. Пробираясь сквозь толпу, я искал ее.

«Ах, как все это мило! — начала заводиться внутри меня фея. — Толпа, сакэ, свет, пот, духи девиц — это и есть танцы! Как мило!»

Увидев меня, подошло несколько знакомых парней, похлопали меня по плечу, обменялись приветствиями. Я тоже улыбнулся в ответ, но голоса не подал. Тем временем заиграл оркестр, но ее так нигде и не было.

«Не суетись, ночь длинная».

Сама площадка была круглой и приводилась в движение механизмами. По краям ее окружали сиденья, с высокого потолка свисала огромная люстра, тщательно натертый танцпол, искрясь, отражал свет, будто ледяной каток. Над ним, словно трибуны, возвышались оркестровые ложи. Два полных оркестра, сменяя друг друга через полчаса, играли, не прерываясь весь вечер, божественную танцевальную музыку. В оркестре справа было два прекрасных барабана. На груди оркестрантов виднелись красные эмблемы слонов. Визитной карточкой оркестра слева была секция из десяти тромбонов и зеленые слоны.

Я сел на стул, заказал пиво, ослабил галстук и закурил. К моему столику подошла платная танцовщица, предложила:

— Эй, красавчик, потанцуем? — но я даже не обратил на нее внимания. Только подпер ладонями щеки, и, освежая горло пивом, ждал ее. Прошел час, она не появлялась. Над танцполом играючи проносились вальсы и фокстроты, барабанные баталии и пассажи тромбонов. Я начал подумывать, что она не собиралась сюда приходить, а просто посмеялась надо мной.

«Все в порядке. Непременно придет. Расслабься».

Она показалась на входе в десятом часу. В сверкавшем на свету приталенном платье и черных туфлях на шпильках. Она была такой ослепительной и соблазнительной, что казалось, будто вся танцплощадка поблекла и куда-то исчезла. Несколько наблюдательных молодцев, увидев ее, сразу же вызвались в сопровождающие, но тут же были отшиты одним легким взмахом руки.

Неторопливо потягивая пиво, я следил за ее действиями. Пройдя по всему танцполу, она села за столик почти напротив моего, заказала коктейль красного цвета и подкурила тоненькую сигару. К коктейлю почти не притронулась. Докурив сигару, затушила окурок и медленно, словно подходя к трамплину для прыжков в воду, направилась к танцполу.

Она вышла одна, без партнера. Оркестр заиграл танго. И она стала танцевать танго. С какой точки ни посмотри, оставалось лишь восхищаться ею. Когда наклонялась, по всему танцполу, словно ветер, развевались локоны ее длинных черных волос, тонкие белые пальцы нежно перебирали воздушные струны. Она без всякого стеснения танцевала одна для самой себя. Присмотреться — и похоже на продолжение сна. Я был в замешательстве. Если для осуществления грезы я использую другую грезу, где же тогда истинный я?

«А она неплохо танцует, — заметила фея. — С нею придется несладко. Ну, пошли что ли?»

Я почти бессознательно поднялся из-за стола и направился к танцполу. Отодвинув несколько парней, вышел вперед и встал рядом с нею, прищелкнув каблуками и тем самым показывая, что начинаю. Она лишь вскользь глянула на меня. Я приветливо улыбнулся, но она никак не ответила и продолжала свой танец.

Я начал медленно, наращивая постепенно темп, и вскоре кружился как вихрь. Мое тело уже не принадлежало мне. Мои руки, ноги, шея без моей воли безудержно и самопроизвольно витали над танцполом. Предаваясь такому вот танцу, я отчетливо слышал движение звезд, течение прилива и порывы ветра. Мне казалось, что это и есть — танец. Я передвигался, размахивал руками, тряс головой, изгибал шею, кружился. И при этом в голове сверкали белые молнии.

Она опять взглянула на меня и стала кружиться и двигаться в такт. Молнии я чувствовал и внутри нее тоже. Я был счастлив — и так мне было впервые в жизни.

«Ну как — куда приятней, чем работать на заводе, а?» — подтрунивала фея.

Я ничего не отвечал. В горле пересохло, хотел бы заговорить — не смог.

Мы танцевали много часов. Я вел, она отвечала. И все это время казалось вечностью. Вскоре она исчерпала силы и остановилась, в изнеможении схватив меня за локоть. Я — или, вернее сказать, фея — тоже прекратил танец. В самом центре танцпола мы рассеянно смотрели друг другу в глаза. Она наклонилась, сняла черные туфли, взяла их в руку и опять посмотрела на меня.

Мы вышли с танцплощадки и двинулись вдоль реки. Машины у меня не было, поэтому оставалось лишь идти и идти вперед. Вскоре дорога перешла в пологий подъем, вокруг запахло ночными белыми цветами. Обернувшись, я увидел внизу чернеющие корпуса завода. С танцплощадки пыльцой разносились по округе отзвуки оркестрового свинга и отблески желтого света. Ветер был мягок, ее волосы в лунном свете влажно блестели.

Мы оба молчали. К чему разговоры после танца? Она, как слепая, не отпускала мою руку.

На вершине раскинулся широкий луг. Окруженный соснами, он выглядел тихим озером. Мягкую траву до пояса колыхал ночной ветер, и она покачивалась, словно в танце. У терявшихся в ней цветов светились лепестки, и на них слетались насекомые.

Обняв ее, я дошел до середины луга и, не говоря ни слова, уложил ее наземь.

— Какой ты молчун, — хихикнула она, бросила туфли и обхватила руками мою шею. Поцеловав ее, я отстранился, чтобы еще раз увидеть это лицо. Боже, как она была красива! Мне самому не верилось, что я могу ее вот так обнимать. Она закрыла глаза и ждала моего поцелуя.

Но тут лицо ее начало изменяться. Из ноздри выползло что-то белое, оказалось — червяк. Таких больших я раньше не видел. Черви один за другим поползли из обеих ноздрей, распространяя вокруг тошнотворный трупный смрад. Черви соскальзывали с губ в горло, некоторые ползли вверх по глазам и скрывались в волосах. Кожа на носу слезла, изнутри потекла разложившаяся плоть, оставляя после себя лишь две черные дыры. Вымазанные гнилой плотью черви полезли теперь и оттуда.

Из обоих глаз брызнул гной. Глазные яблоки под давлением гноя два-три раза неестественно дернулись и повисли на нервах по бокам. В глубине глазниц черви шевелились, как белый клубок ниток. Гноившийся мозг кишел ими. Язык вывалился из губ, как гигантский слизняк, воспалился и отпал. Разложились десны, один за другим посыпались зубы. Вскоре исчез сам рот. Из корней волос брызнула кровь, стали выпадать и сами волосы. Опять показались черви — они прогрызли в разных местах кожу головы. Но даже при этом сила ее рук, обхватывавших мою шею, не ослабевала. Я не мог ни стряхнуть ее с себя, ни отстраниться, ни даже закрыть глаза. Из желудка к горлу поднялся комок, но я не мог вытолкнуть его. Казалось, будто вся моя кожа вывернулась наизнанку. А в ушах слышался хохот феи.

Лицо девушки разлагалось. У нее, словно по команде, напряглись все мускулы, ослабла и раскрылась челюсть, изо рта посыпались комки червей, гноя и пастозной плоти.

Я решительно набрал в грудь воздуху, чтобы закричать. Пусть кто угодно — мне просто хотелось, чтобы меня вырвали из этого ада. Но в конечном итоге я не закричал. Интуитивно я понимал: *такого на самом деле быть не может*. Я это чувствовал. Это всего лишь жуть, нагоняемая феей. Она хочет, чтобы я закричал. Крикни я хоть раз — и мое тело навсегда отойдет ей. Только это фее и нужно.

Я закрыл глаза. На этот раз — без всякого сопротивления. И уже с закрытыми глазами я услышал шелест ветра на лугу. Пальцы девушки впивались мне в спину. Собравшись с силами, я обнял ее за талию, притянул к себе и приложил губы к комку тухлой плоти — к тому месту, где прежде находился рот. Лицо мое соприкоснулось со скользким куском плоти, с кишащим клубком червей. В нос ударил нестерпимый трупный запах. Но все это длилось только миг. Открыв глаза, я увидел прежнюю красавицу. Мягкий лунный свет падал на ее розовые щеки. Я понял, что победил фею. Я выдержал все, не проронив ни звука.

«Твоя взяла, — грустно сказал фея. — Она — твоя. А я ухожу».

И фея вышла из меня.

— Но это еще не конец, — продолжала она. — Ты можешь побеждать много раз, но проигрыш будет первым и последним. Он и станет концом всему. А когда-нибудь ты непременно проиграешь. И баста. Слышишь? Я же пока подожду.

— Почему я? — закричал я фее. — Почему не кто-нибудь другой?

Но она ничего не ответила. Только рассмеялась. Ее смех разнесся по лугу, но вскоре и эхо унесло ветром.

В конечном итоге она оказалась права. Меня сейчас преследуют власти страны. Кто-то видел мой танец —

может даже, тот самый старик — и доложил куда следует, что в моем теле танцевала фея. Полиция установила слежку, а всех окружавших меня людей стали таскать на допросы. Мой напарник дал показания, что я рассказывал ему о фее. Выдали санкцию на арест, полицейские окружили завод. Благо пришла та красавица с восьмого участка и потихоньку меня предупредила. Я убежал с работы, примчался на склад готовых слонов, забрался на одного и сбежал в лес. При этом я затоптал несколько полицейских.

И вот уже месяц я скитаюсь по лесам и горам. Прячусь, ем плоды деревьев, насекомых, пью воду из речек. Однако полицейских много. Когда-нибудь меня непременно схватят. А схватив, именем революции четвертуют. Вот такая история.

Теперь фея появляется в моих снах уже каждую ночь. Предлагает опять забраться в меня.

— По крайней мере тебя не схватят и не казнят, — убеждает она.

— Но тогда я буду вечно танцевать посреди леса? — спрашиваю я.

— Именно. Выбирай, — приговаривает она, а сама хихикает.

Только мне выбрать не под силу.

Слышен лай собак. Собак много. Скоро они будут здесь.

Слепая ива
и спящая девушка

Расправив плечи и закрыв глаза, я ощутил запах ветра. Ветра, похожего на спелый плод. С шероховатой шкуркой, плотной мякотью и косточками семян. Когда мякоть лопалась в воздухе, косточки мягкой картечью падали на мою голую руку, слегка покалывая кожу.

Я давно не чувствовал так ветер. В Токио я прожил долго и напрочь забыл удивительную свежесть, присущую лишь майскому ветру. Что тут говорить: люди порой забывают ощущение боли. Не помнят даже холод того проникающего под кожу *нечто*, которое пропитывает кости.

Я хотел рассказать о таком насыщенном ветре начала лета, дующем вдоль склона, своему двоюродному брату, но потом этого делать не стал. Ему пока четырнадцать. Он ни разу не покидал родных краев. А объяснять человеку, не познавшему горечи потерь, о самих потерях бессмысленно. Я потянулся и покрутил шеей. Накануне допоздна пил в одиночестве виски, и в самой сердцевине головы оставался некий комок.

— Который час? — спросил брат. Ниже ростом сантиметров на двадцать, он всегда разговаривал со мной, задрав голову.

Я посмотрел на часы.

— Двадцать минут одиннадцатого.

Брат перехватил мою левую руку и поднес ее к своему лицу, проверяя дисплей, но не сразу разобрался с перевернутыми вверх тормашками цифрами. Когда он опустил руку, я перепроверил циферблат. Да нет, все правильно — двадцать минут одиннадцатого.

— Точно идут?

— Точно.

Брат опять подтянул к себе мою руку, чтобы убедиться самому. Его тонкие и гладкие пальцы казались слабее, чем на самом деле.

— Дорогие? Часы-то.

— Дешевка, — ответил я.

Никакой реакции. Я перевел на него взгляд и заметил, как брат, приоткрыв губы, в растерянности уставился на меня. Его белые зубы проглядывали между губ и походили на ввалившиеся кости.

— Дешевка! — отчетливо повторил я, глядя ему в лицо. — Но для дешевых часов идут точно.

Он кивнул и закрыл рот. Я закурил. Брат слаб на правое ухо. Вскоре после того, как он поступил в начальную школу, ему попали в ухо бейсбольным мячом, и он оглох. Правда, это не значит, будто он не слышит совсем ничего: как бы издалека, но звуки все же различимы. Бывают периоды, когда они слышны ему относительно хорошо, и такие, когда совсем наоборот. Изредка оба уха почти ничего не слышат. По словам его матери, то есть моей тетки, это еще и нервное заболевание. Когда нервы распределяются равномерно, глухота правого уха давит на левое. И тогда глухота обволакивает все остальные органы чувств, словно смазкой.

Иногда мне кажется, что причина не во внешней травме, а в нервах. Но утверждать точно я не берусь, как не могут ничего сказать все те врачи, которых он обошел за последние восемь лет.

— Совсем не обязательно, что дорогие часы всегда идут точно, — сказал брат. — Вот у меня раньше были вроде дорогие часы, но все равно вечно врали. В конце концов я их потерял.

— А-а.

— Ослабла застежка, и они незаметно соскользнули. Когда заметил, часов на руке не было.

Брат вскинул запястье левой руки.

— Прошло меньше года, как мне их подарили, а новые купить не могли. Так и живу с тех пор без часов.

— Без них, наверное, как без рук?

— Что-что?

— Неудобно, говорю... без часов-то? — повторил я, глядя ему в лицо.

— Да не так чтобы... — мотнул он головой. — Обхожусь. Хотя, конечно, не без неудобств. Но не в лесу ведь живем. При желании можно у кого-нибудь спросить. К тому же сам виноват, что потерял. Разве не так?

— Точно! — рассмеялся я.

— Сколько сейчас минут?

— Двадцать шесть.

— А во сколько автобус?

— В тридцать одну.

Он замолчал. Я тем временем докурил сигарету.

— Хотя с неточными часами ходить — тоже радости мало. Я так думаю: лучше не иметь вовсе, чем такие, — сказал брат. — Разумеется, я потерял не нарочно.

— Угу.

Брат опять замолчал.

Я прекрасно понимал: с ним нужно вести себя доброжелательно, отвлекать разговорами на разные темы. Но о чем говорить, я не знал. С нашей последней встречи прошло три года. За это время брат превратился из одиннадцатилетнего мальчика в юношу, мне же исполнилось двадцать пять. Вспоминая события этих трех лет, я понял, что мне ему сказать нечего. Собираясь вымолвить что-нибудь необходимое, я с трудом подбирал слова. Поэтому всякий раз, когда я запинался, он смотрел на меня грустно, слегка наклоняя голову влево. Глядя на него, я сам не знал, куда деваться.

— Сколько сейчас минут?

— Двадцать девять.

Автобус пришел в десять тридцать две.

По сравнению с моей школьной порой форма автобуса изменилась: он стал похож на бомбардировщик без крыльев с большим лобовым стеклом. Я на всякий случай проверил номер и направление. Все в порядке, ошибки быть не может. Автобус, фыркнув, остановился. Мы с братом ждали, когда откроются передние двери, но распахнулись задние. Мы спешно ринулись назад и вскочили на подножку. За семь лет может измениться многое.

В салоне — больше народу, чем я предполагал. В проходе пассажиры, конечно, не стояли, но сесть рядом мы тоже не могли и остались на задней площадке: ехать нам не так далеко. И все же меня удивило: столько народу — и в такое время. Простой кольцевой маршрут от маленькой станции частной железнодорожной линии мимо жилого квартала у подножия холма и обратно к станции. По пути — никаких особых достопримечательностей или сооружений. Если не час пик, всех пассажиров — от силы два-три человека.

Правда, так в конечном итоге было, когда я еще в школу ходил. Видимо, ситуация почему-то изменилась, и теперь автобус полон даже в одиннадцатом часу. Хотя ко мне это никакого отношения уже не имеет.

Мы ухватились за поручни. Автобус сверкал, будто его только что собрали и выгнали из ворот завода. Отполированная поверхность без единого пятнышка вполне могла заменить зеркало. Ворс сидений смотрел в одну сторону. Внутри стоял отчетливый специфичный запах, присущий новым механизмам. Я осмотрел салон, затем остановил взгляд на ряде рекламы. Все постеры сплошь местные: зал бракосочетания, центр подержанных автомобилей, мебельный магазин. Одних только залов бракосочетания пять листков, а к ним — по одной брачной консультации и прокату свадебных платьев.

Брат опять подтянул мою руку и уточнил время. Я понятия не имел, почему время его так беспокоит. Ведь мы никуда не торопимся. Прием назначен на четверть двенадцатого. Добирайся дальше таким темпом, в запасе останется еще минут тридцать. Наоборот, время хотелось ускорить.

Но я все же повернул циферблат в его сторону, дав насмотреться вволю. Затем вернул руку обратно, вычислил по табло за креслом водителя стоимость проезда и приготовил монеты.

— Сто сорок иен, — подтвердил брат. — Где нам выходить? На «Больнице»?

— Да.

— У тебя мелочь-то есть? — забеспокоился брат.

Я высыпал ему на ладонь всю мелочь, что сжимал в руке. Брат отсчитал по отдельности монеты в сто, пятьдесят и десять иен. Всего вышло двести восемьдесят.

— Ровно двести восемьдесят, — сказал он.

— Держи у себя.

Он кивнул и сжал монеты в левой руке. Я разглядывал пейзаж за окном. До боли в груди знакомый пейзаж. Кое-где попадались новые многоэтажки, отдельные частные дома и рестораны, но в целом город изменил свой облик куда меньше, чем я предполагал. Брат тоже смотрел в окно, но его взгляд неугомонно метался, словно поисковый прожектор. Автобус проехал, не останавливаясь, три остановки, когда я вдруг обратил внимание на одну странность, царившую в салоне. Первым делом до моего сознания дошло — голоса. Странным образом совпадал тон голосов. Нельзя сказать, что разговаривало много пассажиров или они говорили громко. Но голоса всех смерзались в едином месте, словно сугробы воздуха. И этот звук неестественно резал ухо. Держась правой рукой за поручень, я расслабленно наклонился и стал безучастно разглядывать пассажиров. Однако с задней площадки виднелись только их затылки, которые на первый взгляд ничем не различались. Обычный автобус. Можно подумать, что на фоне его сверкающей новизны фигуры людей выглядели единообразно, но так мне просто показалось.

Рядом сидели семь-восемь старичков, которые тихонько беседовали между собой. Среди них было две женщины. О чем они говорили, я не слышал, но по дружескому тону голосов понял, что разговор идет о понятных лишь им подробностях. Возрастом примерно от шестидесяти до семидесяти пяти, все они держали на коленях либо на плече полиэтиленовые сумки. У некоторых были рюкзачки. Судя по всему, ехали в горы. Присмотревшись, я заметил у них на груди голубые ленточки на булавке. Все одеты удобно и неброско, на ногах — прилично поношенная спортивная обувь. Такой наряд для стариков мог показаться по меньшей мере странным, но в данном случае одежда им, признаться, была к лицу.

Странным было другое: на моей памяти вдоль этого автобусного маршрута нет ни одной тропы для горных прогулок. Автобус поднимался по склону, оставлял позади вереницу жилых кварталов, проезжал мимо моей бывшей школы, миновал больницу и, обогнув вершину холма, спускался. И больше никуда не ехал. В самой высокой точке располагался микрорайон, там — тупик. Я не мог себе представить, куда едут эти старики.

Вероятнее всего они ошиблись маршрутом и сели не в тот автобус. Трудно сказать, поскольку я не знаю, где они вошли. Но если учесть, что несколько маршрутов идут к станции канатной дороги, не исключено, что они все же ошиблись. Также можно предположить, что в последнее время маршрут изменился. Тоже вполне вероятно — даже вероятнее всего. В любом случае, я уже лет семь не ездил по этому маршруту, а старики никак не похожи на маразматиков. От такой мысли я внезапно забеспокоился, и пейзаж за окном стал казаться не тем, что прежде.

Тем временем брат внимательно следил за моим лицом.

— Подожди здесь немного, — сказал я ему на левое ухо. — Я сейчас вернусь.

— Ты чего? — взволнованно спросил он.

— Ничего. Посмотрю, где нам выходить.

Пройдя в голову автобуса, я оказался за спиной у водителя, рядом со схемой маршрутов. Первым делом отыскал наш, 28-й, затем — станцию частной железной дороги, где мы сели, а дальше проследил все остановки вдоль маршрута. Все названия оказались знакомыми до боли в груди. Маршрут не изменился. Здесь и моя школа, и больница, и микрорайон. Там автобус разворачивался, спускался по другому склону и возвращался к началу. Ошибка исключена. Если кто и ошибся, то старики. Я успокоился и направился к брату.

И тут наконец понял причину странности в салоне. Кроме меня и брата, все без исключения пассажиры — люди в возрасте. Все держали в руках сумки, на груди у всех — голубые ленточки. Разбившись на группы, они все как один говорили между собой. Держась за поручень, я растерянно их озирал. Их было около сорока. У всех цветущие лица, прямые спины, бодрое настроение. В принципе, ничего особенного, только выглядело это как-то странно и неестественно. Пожалуй — из-за того, что я вообще мало имел дел с пожилыми людьми. Ничего другого в голову не приходило. Я пошел обратно. Сидевшие старики были так увлечены своими разговорами, что никто не обратил на меня внимания. Похоже, им было все равно, что мы с братом — единственные чуждые элементы в этом пространстве. А может, они об этом и не думали.

Сидевшие через проход две маленькие старушки повернулись лицом друг к другу. Обе они были обуты в теннисную обувь очень маленького размера. Время от времени старушки, вытянув ноги, то поднимали их, то опускали. Зачем они это делали, я не понял. Может, просто развлекались. Или разминались перед восхождением. Я переступил так, чтобы их не коснуться, и вернулся к брату на заднюю площадку.

Было видно, как он облегченно вздохнул. Держась правой рукой за поручень, а в левой сжимая монеты, он неподвижно ждал моего возвращения. Старики окружали его, словно бледные тени. Но если посмотреть их глазами, тенями выглядели как раз мы с братом, почему-то вдруг пришло мне на ум. С их точки зрения, живыми были они, а мы походили на призраков.

— Точно он? — обеспокоенно спросил брат.

— Точно, — ответил я. — Я ездил на нем в школу каждый божий день. С чего бы мне ошибаться?

После моих слов брат заметно успокоился.

Больше я ничего не говорил и, повиснув всем телом на кольцах поручней, разглядывал стариков. Симпатично загорелые, смуглые до загривков и все без исключения — худы. Ни одного толстяка. Большинство мужчин одеты в плотные альпинистские майки, женщины — в простые блузки без украшений.

Я понятия не имел, к какой организации они могли принадлежать. Может, это клуб любителей пеших прогулок или пикников? Но они слишком похожи друг на друга, будто их сняли с одной полки некоего стеллажа с образцами и как есть усадили сюда. Схожим было все: выражение лиц и телосложение, манера речи и вкусы в одежде. При этом каждый — самостоятельная личность со своими особенностями, у каждого — свое самосознание. Каждый по-своему бодр, подтянут, загорел, каждый аккуратен и энергичен. Огульно заявлять, будто они все одинаковые, нельзя. Просто всех окутывало что-то единое: общественное положение, способ мышления, образ действий, воспитание, — и все это гармонично сочеталось. И еще это едва различимый ухом шум в салоне. Нельзя сказать, что неприятный, но все же — весьма странный шум.

Я хотел спросить у ближайшего ко мне старичка, куда все они едут, но понял, что это любопытство излишне, и передумал. Пусть в возрасте, но старики выглядели вполне прилично, и трудно предположить, что они ошиблись автобусом. Но даже если и ошиблись, маршрут кольцевой — сделает круг, и вернутся на прежнее место. В любом случае разумнее было промолчать.

— Не знаешь, сегодня будет больно? — тревожно спросил брат.

— Точно не знаю.

— А ты когда-нибудь лечился у лора?

Я задумался. Нет, у лора — нет. У разных врачей лечился, но не у лора. Поэтому даже представить себе не мог, как они — эти лоры — лечат.

— А тебе раньше бывало больно? — спросил я.

— Да нет, — ответил он. — Хотя, конечно, бывает. Когда чистишь ухо или чем-нибудь в него ткнешь. Иногда.

— Ну, может, и на этот раз обойдется? Мать твоя говорила, ничего нового делать не будут.

Брат вздохнул и посмотрел на меня.

— А если и здесь станут делать то же самое, как же я вылечусь?

— Не знаю. Разве что случайно.

— Ага, само по себе, как пробка, выскочит, да? — воскликнул брат. Я мельком взглянул на него — на сарказм не похоже.

— Со сменой врача у тебя поменяется настроение. В таком деле любая мелочь имеет смысл. Рано еще сдаваться.

— А я и не сдаюсь.

— Но ведь, наверное, все это уже надоело?

— Есть немного, — вздохнул он. — Правда, самое жуткое — страх. Не та боль, что сейчас, а страх от мысли, что может стать хуже. Понимаешь?

— Понимаю.

Держась за поручень правой рукой, он грыз ногти левой.

— Я вот что хочу сказать. Представь — кто-то чувствует боль, а я это вижу. Вижу, представляю, как ему больно, и мне становится больно самому. Но боль эта отличается от боли того человека. Не знаю, как это лучше сказать...

Я несколько раз кивнул.

— Боль — мерка сугубо личная.

— Что тебе было больнее всего... раньше?

— Мне? — удивленно переспросил я. Представить себе не мог, что кто-то меня об этом спросит. Боль? — В смысле, физическая?

— Да, — ответил он. — Ты чувствовал когда-нибудь нестерпимую боль?

Держась руками за поручни, я разглядывал пейзаж за окном и думал о боли.

Боль?

Немного подумав, я поймал себя на мысли, что боль не помню. Конечно, я помнил, что мне *бывало* больно:

упав с велосипеда, сломал себе зуб, собака тяпнула за руку так, что из глаз искры посыпались. Но *как* мне бывало больно, реально вспомнить не мог. Раскрыв левую ладонь, я попытался найти шрам от укуса, но он бесследно рассосался. Я даже не мог точно сказать, где он был. Время постепенно все уносит за собой.

— Не припомню.

— Тебе что, не бывало больно?

— С годами так или иначе бывает.

Брат слегка пожал плечами и опять задумался.

— Не хотел бы я накапливать эти самые годы. В смысле, если представить, с какой еще болью предстоит столкнуться в дальнейшем, — сказал он, слегка склонив ко мне левое ухо. Тем временем взгляд его сверлил поручень. Брат чем-то походил на слепого.

Той весной меня преследовали сплошные неприятности. Пришлось по ряду причин уйти из фирмы, где я проработал последние два года. Так я оказался дома. Покончив с делами, собирался сразу же вернуться в Токио и начать поиски новой работы, но за стрижкой газона и ремонтом изгороди в саду многое внезапно опостылело, и я решил с отъездом не торопиться. Хотя сам родной город потерял всякую привлекательность. Я полюбовался пароходами в порту, полной грудью надышался морским ветром, обошел все прежние ресторанчики — и больше мне делать там было нечего. Прежних друзей не осталось, родина уже не манила. Городские пейзажи выглядели картонными аппликациями. Выходит, я постарел, но дело не только в этом. И именно поэтому я, забыв на время про Токио, коротал дни в одиночестве — то полол газон, то читал книжки на веранде, то ремонтировал тостер.

В один из таких дней пришла тетушка и попросила первые несколько раз свозить брата в новую больницу. Я знал, где та находится — недалеко от моей бывшей школы. Я был свободен и не мог отказать тетушке.

— Заодно где-нибудь пообедайте, — сказала она и снабдила меня деньгами на карманные расходы. Видимо, полагала, что я теперь безработный и нуждаюсь в средствах. Ну деньги никогда не бывают лишними.

Больницу решили сменить просто потому, что от лечения в прежней толку не было. К тому же цикл глухих дней у брата стал короче. Тетушка высказала врачу все, что о нем думает, тот ответил: причина болезни — не в хирургии, а в условиях жизни семьи. Это и стало последней каплей терпения.

Смена больницы, однако, не означала, что дела сразу же пойдут на поправку. По правде говоря, никто на это особо и не надеялся. Само собой, вслух такого никто не говорил, однако окружающие уже почти смирились с глухотой брата. Так он сам себя вел.

Мы с братом никогда не были близки. Дружили семьи, но разница в возрасте детей давала о себе знать. Однако родственники почему-то считали нас «друзьями неразлейвода». Вроде того, что он привязался ко мне, а я его опекал. Я долго не мог понять причины, поскольку считал, что между нами нет ничего общего.

Однако сейчас у меня странно защемило сердце, когда он повернулся вот так, левым ухом ко мне, и склонил голову набок. Его неловкие движения отдавались у меня в душе, словно шум дождя, услышанный давным-

ХАРУКИ МУРАКАМИ

давно. Я вроде бы начал понимать, почему родственники пытаются нас сблизить...

— Слышь, ты когда собираешься в Токио? — поинтересовался брат.

— Пока не знаю.

И я слегка покрутил шеей, как бы разминая.

— Не торопишься.

— А куда торопиться?

— Бросил работу?

— Ну да, бросил.

— Почему?

— Надоела, — ответил я и засмеялся.

Брат немного смутился, но тут же засмеялся и сам. И поменял руку, которой держался за поручень.

— Что, на жизнь хватает? Без работы-то?

— Пока хватает: есть немного сбережений, выходное пособие, опять-таки, дали. На первое время нормально. Закончатся деньги — снова пойду работать, а пока хочу расслабиться.

— Везет тебе.

— Ну так...

Гул голосов в салоне не прекращался. Автобус не останавливался нигде. Водитель перед каждой остановкой делал объявление, но на кнопку никто не жал. Названия остановок пассажиров не интересовали. На самих остановках людей тоже не наблюдалось, и автобус взбирался и дальше по склону, где не было даже светофоров. Дорога широкая и гладкая, местами — извилистая, но автобус на поворотах не качало и не трясло. Только внутри каждый раз проносился летний ветерок. Занятые разговорами старики не замечали пейзаж за окном. Они даже не обращали внимания, когда ветер

106

колыхал их волосы, поля шляп и шарфы. Казалось, они всецело доверяли себя машине.

После седьмой или восьмой остановки брат опять взволнованно поднял на меня глаза.

— Еще далеко?

— Ага, пока едем.

Я помнил эти окрестности и не беспокоился, но автобус ехал намного быстрее, чем было на моей памяти. Большой, новой модели, он, словно коварный зверь, прижимался к асфальту и, глухо урча, крался по склону.

Брат опять посмотрел на часы. После него посмотрел и я: без двадцати одиннадцать. Город погрузился в тишину, не было видно ни людей, ни машин. Час пик миновал, в жилых кварталах царило затишье перед тем, как домохозяйки отправятся за покупками. Этот промежуток времени почти без остановок и миновал автобус.

— А ты будешь работать в фирме отца? — спросил он.

— Нет, — ответил я, а сам задумался. — И не собираюсь. С чего ты взял?

— Просто почему-то подумал, — сказал брат.

— Кто тебе сказал?

Брат покачал головой.

— Может, так лучше? Поживешь здесь... К тому же, говорят, людей не хватает. Все будут рады.

Водитель объявил остановку, но никто не среагировал. Автобус, не сбавляя скорости, проехал мимо. Повиснув на поручнях, я опять принялся разглядывать знакомый пейзаж. В живота повис тяжелый сгусток воздуха.

— Не по мне это, — сказал я.

Брат, глядя в окно, суетливо придвинул левое ухо.

— Мне такая работа не подходит, — повторил я и подумал, что могу его этой фразой обидеть. Хотя врать тоже не годится. Дойдет мимоходом оброненная отговорка до ушей дядьки в каком-нибудь ином смысле — и неприятностей не миновать.

— Что, неинтересная?

— Не знаю, интересная или нет, только мне есть чем позаниматься.

— А-а.

Похоже, он в чем-то со мной согласился, но спрашивать, в чем именно, я не стал. Мы молча смотрели в окно.

По мере того как автобус взбирался на гору, редели дома, на дороге сгущались тени ветвей. На глаза попадались выкрашенные дома иностранцев[1] с низкими оградами, приятно дул ветер. С каждым поворотом автобуса то открывался, то опять пропадал вид на море — его мы наблюдали, пока не доехали до больницы.

Мы собрались выходить, а старики так и продолжали разговаривать. Некоторые громко смеялись. Среди них оказался какой-то весельчак, он что-то рассказывал, и вокруг не стихал хохот. Я нажал на кнопку, чтобы автобус остановился, и направился к дверям. Некоторые искоса посмотрели нам вслед, но основной массе было безразлично, что автобус останавливается и кто-то выходит. Стоило нам ступить на землю, как задние двери под хлопок компрессора закрылись. Автобус с полным салоном стариков пополз наверх и скрылся из виду за поворотом.

[1] Подразумевается одно из пяти поселений (сеттльментов) иностранцев в Японии, образованных в Кобэ в результате придания 1 января 1868 г. порту статуса международного. Поселения создавались для предотвращения конфликтов с местными жителями.

Куда они все-таки направлялись, так и осталось для меня загадкой.

Пока я провожал взглядом автобус, брат стоял рядом, не меняя позы. Его левое ухо было постоянно направлено на меня, чтобы в любой момент расслышать, что я ему говорю. С непривычки все это выглядело очень странно. Такое ощущение, будто от тебя постоянно чего-то хотят.

— Ну что, пошли, — сказал я и хлопнул его по плечу.

Подошло время приема. Проводив взглядом брата в кабинет врача, я спустился на лифте и вошел в столовую. Томившиеся на витрине образцы блюд выглядели неубедительно, но есть хотелось, и я выбрал относительно съедобный комплекс из оладий и кофе. Попробовал то, что принесли. Кофе был весьма неплох, а именуемая оладьями субстанция оказалась жутким суррогатом: остывшая, сырая внутри, к тому же — смазанная приторным сиропом. Насильно протолкнув в горло половину, я отодвинул остаток на дальний край стола.

Будний день, его первая половина: кроме меня, в столовой сидела лишь одна семья. Отец, по виду — за сорок, одет в темно-синюю полосатую пижаму и клеенчатые тапки. Мамаша с двумя девочками-близняшками, судя по всему, пришла его проведать. На сестрах были одинаковые платья, обе они, ссутулившись, пили апельсиновый сок. Рана или болезнь отца не казалась серьезной, при этом и родители, и дети сидели со скучающими лицами. Говорить им было не о чем.

109

За окном простиралась лужайка. Ровно постриженные газоны, между которыми тянется тропинка из гальки. В нескольких местах вращаются поливалки, окропляя траву радужными брызгами. С громким криком пролетела и скрылась из виду пара длиннохвостых птиц. За газоном раскинулись теннисный корт и баскетбольная площадка. Сетка на корте растянута, но игроков не видно. По ту сторону корта и площадки возвышались стеной гигантские дзельквы, и между их ветвями проглядывало море. Листва скрывала линию горизонта, но в просветах гребни волн отражали ослепительные лучи летнего солнца.

Прямо под окном располагался окруженный железной сеткой загон для скота. Внутри было пять отделений, и прежде, видимо, здесь держали разных животных, но сейчас остались одна коза и два кролика. Коричневые кролики неугомонно грызли траву. У козы чесалась холка, и она с силой терлась шеей о столб ограды.

Казалось, я где-то уже видел этот пейзаж: широкий двор с лужайкой, вид на море, теннисный корт, кролики и коза, девочки-двойняшки пьют апельсиновый сок... Но это, конечно, иллюзия. В этой больнице я впервые в жизни. Двор, море и теннисный корт — еще куда ни шло, но невозможно предположить, что кролики, коза и близняшки были и в другом месте тоже.

Допив кофе, я положил ноги на стул напротив, закрыл глаза и сделал глубокий вдох. В непроглядной темноте маячил белый сгусток — газообразное тело в форме бриллианта. Он, будто микроорганизм под микроскопом, то сжимался, то растягивался. Одним словом, причудливая штука.

Когда я открыл глаза, семьи с детьми уже не было. В столовой остался я один. Я закурил и, как это обычно делал, чтобы убить время, принялся следить за клубами дыма. Докурив, выпил воды и опять закрыл глаза. Однако в сознании отчетливо всплывало дежавю.

Странная история. Последний раз я ездил в больницу восемь лет назад. В маленькую больницу у моря, из окна столовой которой виднелся лишь одинокий олеандр. Перепутать их я не мог.

Тогда мне было семнадцать. Я попытался вспомнить, что еще произошло тем летом, но все попытки оказались тщетны. Я почему-то не мог вспомнить ничего. Проплыли перед глазами лица некоторых одноклассников, но и только. Они не были связаны с какими-либо местами или событиями.

Не то чтобы памяти нет. Наоборот, воспоминания переполняют мою голову, вот только не удается их оттуда выхватить. Даже не так — как бы работает некая установка, которая кромсает наконец-то выползающие из тонкого отверстия воспоминания на разрозненные куски, словно режет ножницами ящериц.

В общем, тем летом мне было семнадцать, и мы с товарищем ехали в ту старую больницу у моря проведать его подругу, которой сделали на груди операцию.

Операция оказалась предельно простой: вернуть на прежнее место одно ребро, запавшее после рождения. Особой необходимости в ней не было. По принципу «если делать, то лучше сейчас» подгадали под летние каникулы. Сама операция завершилась, едва начавшись, но кости находились близко от сердца, и врач хотел понаблюдать за подругой; к тому же она решила проверить нервы, и в конечном итоге провела в больнице около двух недель.

Мы поехали навестить ее на 125-кубовой «ямахе». Товарищ вел мотоцикл туда, я — обратно. Сам я ехать не хотел, но он попросил меня составить компанию — не знал, о чем с ней говорить один на один. До тех пор ни я, ни он в больнице не были ни разу и с трудом представляли, что это за заведение.

По пути он завернул в кондитерскую и купил коробку шоколада. Я одной рукой держался за его ремень, другой прижимал к себе эту коробку. Стоял жаркий день, наши майки несколько раз промокли от пота, а затем высохли на ветру, так что от нас несло, как от скотоводов. По пути туда он пел какие-то жуткие песенки. На заднем сиденье мне едва не делалось дурно от запаха его пота.

Прежде чем нырнуть в ворота больницы, мы съехали к берегу моря, решив передохнуть под деревьями. Море в ту пору было грязным, лето близилось к концу, поэтому купались немногие. Мы просидели на берегу четверть часа, курили и болтали. Я представил, во что превратился шоколад, но кому какое дело.

— Тебе не кажется странным? — спросил он. — Что мы сейчас здесь вот так, вдвоем?

— А чего странного?

— Я и сам понимаю, что ничего. Но все-таки странно как-то.

— В каком смысле?

Он покачал головой:

— Не знаю... Ну, например, место, время.

Восемь лет прошло. Этого товарища уже нет — он умер.

Отодвинув стул, я купил у кассирши талон на кофе, отдал его официантке и вернулся за стол наблюдать за морем. Принесли вторую кружку кофе, а с ней — пластмассовый стаканчик с сахаром и сливками в пакетиках. Сначала я взял сахар, высыпал его в пепельницу, сдобрил сливками и перемешивал окурком до однородной кашицы. Зачем это сделал, сам не знал. Даже не так — некоторое время я просто не замечал, что́ делаю. А поймал себя на этой мысли, только увидев жуткую смесь пепла, сахара и сливок. Иногда бывает. Когда не в силах сдержаться.

Словно проверяя баланс тела, я взял кружку обеими руками, прильнул губами и неспешно отпил. Удостоверился, как горячий кофе заструился изо рта в горло, оттуда дальше по пищеводу. Затем ощутил, как целиком помещаюсь в собственном теле. Распластал руки по всей ширине стола, убрал их. Проследил, как секунды ручных электронных часов меняются от 01 до 60.

Не понимаю.

Что бы я ни извлекал из памяти, сто́ящих фрагментов не оказалось. Ничего особенного. Товарищ просто поехал в больницу навестить подругу, а я составил ему компанию. Больше никаких происшествий. Как память ни напрягай.

Она была в голубой пижаме. Новой свободной голубой пижаме. На нагрудном кармане инициалы JC. Что это за JC, задумался я. В голову приходило только Junior College или Jesus Christ. Но то было название фирмы-производителя.

Мы втроем расположились в столовой. Курили, пили колу, ели мороженое. Она была голодна и съела два сладких пончика, запивая какао, сдобренным густой пеной. Но все равно не наелась.

— Эдак ты до выписки растолстеешь как поросенок, — изумился товарищ.

— Да ладно! Надо поправляться! — ответила она.

Пока они разговаривали, я смотрел в окно на олеандр. Огромный олеандр — он сам по себе походил на небольшую рощицу. Слышался шум волн. Оконные ручки проржавели от соленого морского ветра. Подвешенный к потолку древний вентилятор гонял теплый воздух. В столовой витал запах больницы. Он чувствовался и в еде, и в напитках, словно все они между собой сговорились. Я оказался в больнице впервые в жизни, и от этого запаха мне стало тоскливо.

На пижаме подруги было два нагрудных кармана, из одного торчала маленькая ручка. Такие продают в киосках на вокзалах. Когда подруга наклонялась вперед, в разрезе пижамной куртки виднелась плоская незагорелая грудь. От одной мысли, что под грудью или где-то в ее глубине сдвинулась кость, становилось не по себе.

Пытаюсь вспомнить, что же было дальше? Пил колу, смотрел на олеандр, думал о ее груди. А потом?

Я устраиваюсь удобнее на пластиковом стуле и, подпирая рукой щеку, перебираю слои своих заурядных воспоминаний. Словно ковыряю в пробке кончиком острого ножа.

Но как бы я ни думал, память обрывалась на «кости ее незагорелой груди». Дальше — ни-че-го. Видимо, впечатление оказалось настолько глубоким, что время остановилось именно на нем.

В ту пору я внутренне никак не мог понять, зачем нужно вскрывать плоть ради какой-то кости. Ну, то есть, врачи сделали надрез и, засунув внутрь пальцы в перчатках, сдвинули кость, затем наложили шов, и находившаяся там мышца заработала вновь.

Разумеется, лифчика под пижамой не было. С чего бы его надевать? Поэтому когда подруга нагибалась, в разрезе проглядывала ложбинка меж ее грудей. Я сразу же отвел глаза. О чем думать, я не знал.

Незагорелая плоская грудь.

Вспомнил! Потом мы говорили о сексе. Рассказывал товарищ. Весьма щекотливую историю о моем фиаско: как я прибалтывал одну девчонку, повез ее на море и пытался раздеть. Так, пустячок, но он рассказывал с прикрасами и так интересно, что мы покатывались со смеху.

— Не смеши, — говорила она через силу, — а то у меня грудь до сих пор болит.

— В каком месте? — спросил он.

Она надавила пальцем поверх пижамы над сердцем чуть правее левой груди. Товарищ что-то сострил, и она опять рассмеялась. Я тоже не выдержал и прыснул, потом закурил и разглядывал дальше пейзаж за окном.

Смотрю на часы — без четверти двенадцать. Брата еще нет. Подходит время обеда, и столовая заполняется народом. Некоторые в пижамах и с бинтами на голове. Мешаются запахи кофе, обеденных бургеров и жареных стейков, подобно дыму, они окутывают все помещение. Маленькая девочка что-то настойчиво требует у мамаши.

Моя память окончательно погружается в небытие. И лишь на уровне глаз плавает гул, похожий на стелющийся дым.

Иногда в моей голове начинается неразбериха из-за самых простых вещей. Например, почему люди болеют. Едва сдвигается кость. Или что-то не ладится в ухе. Или некоторые воспоминания беспорядочно забивают голову. Болеют люди. Болезнь поражает тело, между нервов затирается маленький камешек, плоть тает, и кости выпирают наружу. И еще — дешевая ручка в кармане ее пижамы.

Шариковая ручка.

Я опять закрыл глаза и глубоко вдохнул. Взял пальцами кофейную ложку. Прежний гул отчасти приутих. Она что-то рисовала этой ручкой на обратной стороне бумажной салфетки. Стоило ей наклониться, и моему взгляду открылась белая ложбинка меж ее грудей.

Она рисовала картинку. Бумажная салфетка оказалась слишком мягкой для рисования, и кончик стержня постоянно цеплялся за волокна. Но она продолжала увлеченно рисовать. Когда она забывала порядок линий, то давала руке отдохнуть и грызла зубами колпачок. Правда, грызла мягко, не оставляя на пластмассе следов.

Она рисовала холм. Сложной формы холм. Такие встречаются на иллюстрациях в учебниках по древней истории. На холме стоит маленький дом. В доме одиноко спит девушка. Вокруг дома — заросли *слепой ивы*. Это слепая ива усыпила девушку.

— Слепая ива? — спросил товарищ.

— Есть такой вид ивы.

— Ни разу не слышал.

— Я сама придумала, — улыбнулась она. — Маленькая муха, окунувшись в ее пыльцу, влетает в ухо девушки и... усыпляет ее.

И нарисовала слепую иву на другой салфетке. Ива была размером с *азалию*. Зелень толстых листьев плотно окружает распустившиеся цветки. Эти листья зеленые и похожи на скопление хвостов ящериц. За исключением мелких листьев, слепая ива ничем не походила на иву обычную.

— Есть закурить? — спросил меня товарищ. Я положил на край стола промокшую от пота пачку «Шорт Хоуп» и спички и отправил ему щелчком. Он взял одну, подкурил и тем же способом отправил остальное назад.

— С виду ива маленькая, но корни уходят очень глубоко, — пояснила подруга. — Вообще-то, достигнув определенного возраста, она перестает расти вверх, и начинает расти только вниз и вниз. Будто питается темнотой.

— Ну, эта муха влетает в ухо девушки и усыпляет ее пыльцой? — сказал товарищ. — А что она делает дальше... эта муха?

— Ест плоть... в ее теле... конечно же... — сказала она.

— Фу-у!

Точно... Она по заданию на летние каникулы сочиняла стихи о слепой иве и просто пересказала нам их фабулу. Историю придумала, взяв за основу свой же сон. И, валяясь целую неделю в больнице, написала нечто вроде поэмы. Товарищ хотел прочесть поэму, но она отказала, объяснив, что нужно доработать мелочи, и вместо этого нарисовала рисунок и рассказала сюжет.

На холм взбирался юноша спасти уснувшую от пыльцы слепой ивы девушку.

— Это я, да? — прервал ее товарищ.

Она только слегка улыбнулась и продолжила.

Юноша медленно взбирался на холм, раздвигая заросли слепой ивы, мешавшей ему пройти. Он оказался здесь первым человеком с тех пор, как слепая ива начала буйно разрастаться по холму. Натянув глубже шляпу и отгоняя одной рукой рой мух, юноша шел по тропе. И так далее.

— Но пока он добрался до вершины холма, тело девушки уже изъели мухи? — спросил товарищ.

— В каком-то смысле, — ответила она.

— В каком-то смысле — печальная история: быть в каком-то смысле съеденным мухами.

— Ну да, — сказала она и засмеялась.

— Не думаю я, что эта жестокая мрачная история порадует твоих школьных сестер.

Она училась в миссионерском женском лицее.

— А я считаю, что очень интересно. — Я впервые раскрыл рот. — В смысле — сама сцена.

Она повернулась ко мне и дружелюбно улыбнулась.

— Фу-у, — опять повторил товарищ.

Брат вернулся в двадцать минут первого. С пакетом лекарств и таким лицом, словно не мог сфокусировать взгляд. Прошло некоторое время, пока он, стоя у входа в столовую, нашел глазами мой столик. Брат шагал неуклюже, будто не в силах держать равновесие.

Усевшись напротив, он глубоко вздохнул.

— Ну как? — поинтересовался я.

— Да, это... — начал было он.

Я ждал в надежде, что он заговорит, но разговор так и не начинался.

— Есть хочешь?

Брат молча кивнул.

— Здесь поедим или где-нибудь в городе?

Немного поколебавшись, он окинул взглядом помещение.

— Давай здесь.

Я подозвал официантку и заказал два комплекса. Брат хотел пить и попросил себе колу. Пока несли еду, он молча разглядывал вид за окном: море и аллею дзелькв, теннисный корт и поливалки, козу и кроликов. Он направил левое ухо в мою сторону, но я так и не заговорил.

Прошло немало времени, пока принесли обед. Я очень хотел пива, но в больничных столовых пиво не подают. Делать нечего — я вытащил из подставки зубочистку и привел в порядок заусенцы. За соседним столом приличного вида пара средних лет, поедая спагетти, разговаривала о раке легких у одного из своих знакомых. Как он проснулся однажды утром и стал отхаркивать кровью, как ему вставили в артерию трубку — вот такой разговор. Жена спрашивала, а муж пояснял ей, что рак в определенном смысле сконцентрировал цель жизни этого человека.

В комплекс входили шницель и жареная белая рыба, а вдобавок к ним — салат, булочка и суп в чашке. Сидя друг напротив друга, мы молча все это ели: пили суп, отщипывали хлеб, намазывали масло, накалывали вилкой салат, резали шницель ножом, накручивали и отправля-

ли в рот гарнир из спагетти. Все это время соседи-супру-
ги продолжали говорить о раке. Муж оживленно объяс-
нял, почему в последнее время увеличилось число онко-
логических больных.

— Который час? — спросил брат.

Я согнул руку в локте и посмотрел на дисплей. Затем
проглотил кусок булочки.

— Без двадцати час.

— Уже без двадцати час, — повторил он.

— Похоже, они не понимают, в чем дело, — сказал брат. —
В смысле, почему я не слышу. Говорят, видимых откло-
нений нет.

— Да ну.

— Разумеется, сегодня первый прием — сделали
только основные анализы. Подробные результаты будут
позже... Сдается мне, лечение затянется.

Я кивнул.

— Врачи все одинаковы. В какую больницу ни при-
ди. Как чего не знают — списывают на других людей.
Осматривают ушную раковину, делают рентген, замеря-
ют реакцию, считывают волны мозга, и если ничего не
находят, валят все на меня. Мол, в ухе изъянов нет, изъ-
яны во мне самом. Дурдом какой-то. В конце концов
начинают еще меня упрекать.

— Но ты ведь на самом деле не слышишь?

— Ага, — кивнул он. — Конечно, не слышу. Я не вру.

Брат смотрел на меня, слегка склонив голову. Похоже, сомнения в нем его самого не трогали.

Мы сидели на лавке и ждали автобус. По расписанию
он должен был прийти минут через пятнадцать. Дорога

вела под горку, и я предложил пройти пешком пару остановок, но брат сказал, что будет ждать здесь. Мол, все равно садиться в один и тот же автобус. Что ж, резонно. Поблизости был алкогольный магазин, и я отправил брата за пивом. Тот опять купил себе колу. По-прежнему стояла хорошая погода, по-прежнему дул свежий майский ветер. У меня пронеслась мысль: что если закрыть глаза, хлопнуть в ладоши, открыть глаза — и все совершенно изменится. Причина тут — ветер, который, помимо разных ощущений на коже, еще и как-то странно шаркал по ней, будто напильником. Дело в том, что у меня такие ощущения бывали и раньше.

— А ты как считаешь? Что ухо то слышит, то не слышит — это на нервной почве? — спросил брат.

— Не знаю.

— Я тоже.

Пока брат теребил лежавший на коленях пакет с лекарствами, я потягивал пиво из поллитровой банки.

— А как это — когда перестаешь слышать? — поинтересовался я.

— Например, когда сбивается настройка радиостанции. Волны то вверх, то вниз. Звук слабеет, а затем пропадает вовсе. Спустя время волна возвращается и становится слышно, но все-таки не так, как у людей здоровых.

— Да, нелегко тебе.

— В смысле, что ухо перестает слышать?

— И это, и другое...

— Правда, я сам это не ощущаю. Нелегко там, или как. Куда больше хлопот от всяких неожиданностей, которые напрямую с глухотой не связаны. Поразительные вещи бывают.

121

— А-а.

— С такими ушами, как у меня, так или иначе начнешь всему удивляться.

— Ну.

— Не кажется тебе, что это уже смахивает на хвастовство? — спросил брат.

— С чего бы?

Брат опять задумался и потрепал бумажный пакет. Я вылил остаток пива в канаву.

— Ты видел фильм Джона Форда «Форт Апач»? — неожиданно спросил он.

— Нет, — ответил я.

— А я смотрел недавно по телевизору. Классный фильм!

— А-а.

Мы видели, как из ворот больницы выехала зеленая спортивная иномарка, повернула направо и покатила вниз по склону. Внутри сидел мужчина средних лет. Машина сияла под лучами солнца и походила на гигантское насекомое. Я курил, размышляя о раке. Затем — о сконцентрированной цели жизни.

— Кстати, о фильме... — начал брат.

— Ну?

— Там в начале фильма в форт на Диком Западе приезжает известный генерал. С инспекцией или чем-то еще. Его встречает бывалый штабс-капитан, которого играет Джон Уэйн. Генерал приехал с Востока и обстановку на Западе толком не знает. В смысле, про индейцев, что они подняли вокруг форта восстание.

— И что?

— Так вот, приезжает этот генерал. Джон Уэйн его встречает и говорит: «Добро пожаловать в Рио-Гранде».

А генерал ему: «По пути сюда я видел нескольких индейцев. Нужно быть внимательней». На что Джон Уэйн отвечает: «Все в порядке, сэр. Вы заметили индейцев? Считайте, что их там нет!» Я точно не помню его слов, но примерно так. Ты не знаешь, что это значит?

Я поперхнулся дымом и закашлялся.

— Наверное, то, что видно обычным глазом, не столь важно...

— Думаешь? — переспросил брат. — Я толком не понимаю смысла этой фразы, но каждый раз, когда мне сочувствуют из-за уха, почему-то вспоминается этот кадр: «Заметили индейцев? Считайте, что их там нет».

Я засмеялся.

— Что, странно?

— Ага, — ответил я. Брат тоже засмеялся.

— Любишь кино?

— Люблю. Но когда ухо не слышит, почти не смотрю. Так что посмотреть удается немногое.

— Когда в следующий раз слух вернется, пошли в кино? — предложил я.

— Точно, — согласился брат, похоже — с облегчением.

Я посмотрел на часы. Семнадцать минут второго. Автобус придет через четыре. Задрав голову, я рассеянно смотрел на небо. Брат поднял мою руку и уточнил время. Когда, как мне показалось, четыре минуты истекли, я взглянул на часы, однако на самом деле прошло всего две.

— Ты не мог бы посмотреть мне ухо?

— Зачем?

— Ну просто так?

— Хорошо, давай.

Он уселся спиной и повернул ко мне правое ухо. Из-за короткой стрижки ухо было видно отчётливо. Вполне симпатичное. Правда, маленькое, но мочка выглядела пухлой, как свежее печенье. Я впервые так пристально изучал чьё-либо ухо. Если присмотреться, в его форме, по сравнению с другими органами тела, есть что-то загадочное: оно нерезонно извивается, выгибается, выступает. Я понятия не имел, почему ухо такое. Видимо, по мере необходимости восприятия звуков и защиты самого уха в процессе эволюции естественным образом сложилась эта удивительная форма.

В окружении кривой стенки ушное отверстие выглядело чёрной дырой, похожей на вход в потайную пещеру. Хотя само отверстие ничего существенного собой не представляет.

— Ладно, хорош, — сказал я.

Брат развернулся и сел ко мне лицом:

— Ну как, что-нибудь изменилось?

— Нет, с виду всё по-прежнему.

— Ну, там, может, тебе что показалось?

— Да нет, обычное ухо. Как у всех.

От такого постного ответа он, казалось, расстроился. Может, я что-то не так сказал?

— Как процедура, было больно?

— Не так чтобы очень. Как и прежде. Для проверки слуха использовали новый аппарат. А в остальном делали всё то же самое. Лоры — они все как на одно лицо. И спрашивают об одном и том же.

— Вот как.

— Также ковыряли в том же месте. Но мне кажется, на этот раз там что-то перетёрлось. Собственное ухо своим не ощущается.

* * *

Я посмотрел на часы. Вот-вот подойдет автобус. Тогда я вынул из кармана брюк горсть мелочи, отсчитал двести восемьдесят иен и передал брату. Тот еще раз пересчитал деньги и бережно сжал их в кулаке.

Не говоря больше ни слова, мы смотрели со скамейки на искрящееся вдалеке море и ждали автобус.

В тишине я задумался о гнездившихся в ухе брата бесчисленных мушках. Схватив своими шестью лапками сладкую пыльцу, они проникли внутрь его уха и теперь жадно пожирали там мягкую плоть. Даже сейчас, пока мы упорно ждем автобус, они — внутри его нежно-розовой плоти, пьют кровь, откладывают в мозгу маленькие яйца. И продолжают неторопливо карабкаться по лестнице времени. Никто их не замечает — у них тельца слишком малы, жужжанье крыльев уж очень тихо.

— Двадцать восьмой, — сказал брат. — Это ведь наш?

Было видно, как справа, из-за поворота к нам выезжает автобус — старой, привычной формы. Впереди различалась табличка с номером «28». Я встал со скамейки и подал водителю знак; брат раскрыл ладонь и еще раз пересчитал мелочь. Мы встали с ним плечо к плечу и ждали, когда раскроются двери.

Три
германские фантазии

Порнография в виде Зимнего Музея

Секс, половой акт, половые сношения да и все что угодно из этих слов, действий, явлений я непременно представляю себе как Зимний Музей.

————— **Зимний * Музей** —————

Разумеется, чтобы добраться от секса до Зимнего Музея, необходимо преодолеть некоторое расстояние. Также потребуются определенные усилия: сделать несколько пересадок в метро, пройти через подземелье зданий, где-то перезимовать... Но эта суета — лишь по первости. Достаточно единственный раз выучить маршрут схемы сознания, и до Зимнего Музея доберется кто угодно в мгновенье ока.

И это не ложь. Я серьезно.

Когда секс становится в городе темой для разговоров, когда сексуальные волны переполняют мрак, я всегда стою у входа в Зимний Музей. Вешаю пальто на крючок, кладу шапку на полку, складываю перчатки на край стола, затем вспоминаю о шарфе, обмотанном вокруг шеи, снимаю его и вешаю поверх пальто.

9-1699

Зимний Музей совсем небольшой. Всё — экспонаты, их жанры, стратегия управления, всё от начала и до конца — частный музей. Как минимум здесь отсутствует общая концепция. Есть скульптура египетского собачьего бога, секстант Наполеона III, старинный колокол, найденный в пещере Мертвого моря, но и только. Сами экспонаты никак между собой не связаны. Словно измученные холодом и голодом сироты ютятся они на корточках с закрытыми глазами в своих футлярах.

Внутри музея очень тихо. До открытия еще есть некоторое время. Я достаю из выдвижного ящика стола слесарный инструмент, похожий на бабочку, завожу *пружину* напольных часов и выставляю точное время. Я — если только не ошибаюсь — работаю в этом музее.

В самой атмосфере музея господствуют, подобно тому, как обычно распускается миндаль», тихие утренние лучи и слабое предчувствие полового акта.

Я обхожу музей, распахиваю шторы, запускаю на полную мощность паровое отопление. Затем отбираю и складываю стопками на столе возле входа платные буклеты. Включаю нужное освещение. В смысле — как в Версале: нажимаешь на схеме музея кнопку А-6, и загорается свет в покоях короля. Также я проверяю состояние водяного кондиционера. Чучело европейского волка задвигаю чуть глубже, чтобы дети не достали руками. Добавляю жидкое мыло в туалете. О порядке этих действий можно не задумываться — тело сделает все само. Я, что ни говори, хотя толком выразить и не смогу, — это я сам.

Потом я иду на маленькую кухню, чищу там зубы, достаю из холодильника молоко, наливаю его в кастрюльку и разогреваю на электроплите. Электроплитка, холодильник, зубная щетка — вещи незнатные, приобретены в окрестных магазинах. Но в стенах этого здания даже они выглядят музейно. Молоко — и то кажется древним молоком, выдоенным из доисторической коровы. Иногда я сам перестаю понимать — это музей подтачивает действительность или действительность поглощает музей.

Молоко разогрелось, я сажусь за стол, пью его и разбираю накопившуюся корреспонденцию, которую можно разделить на три категории. Первая — счет за водопровод, вестник археологического кружка, извещение об изменении телефонного номера греческого консульства и прочие канцелярские документы. Вторая — всевозможные впечатления, жалобы, похвалы и предложения посетителей музея. Чего только не приходит людям в голову! Причем — не обязательно на исторические темы. Например: «Рядом с гробницей в Месопотамии нашли винную бутылку периода позднего Хань[1]. Какие неприятности она могла им принести?» Перестанет музей заниматься такими проблемами — куда же тогда обращаться людям?

Я хладнокровно отправляю корреспонденцию первых двух категорий по местам, достаю из выдвижного ящика жестяную банку с печеньем, съедаю три, запивая остатками молока. И в заключение вскрываю последнее письмо — от хозяина музея. В нем все просто: на дизайнерском листе бумаги яичного цвета черными чернилами выведены указания.

---

[1] Хань — китайская императорская династия в 206 до н. э. — 220 н. э., основана Лю Баном. Вела завоевательные войны, в результате которых были значительно расширены границы империи. Установлены торговые и культурные контакты с государствами Средней Азии и Индией.

1 Кувшин № 36 упаковать и отнести в хранилище.

2 Вместо него на место Q21 выставить пьедестал A/52 (без скульптуры).

3 Над местом 76 заменить лампочку на новую.

4 Вывесить на входе объявление о выходных днях на следующий месяц.

Я, разумеется, следую этим указаниям. Оборачиваю в холст и убираю кувшин № 36, вместо него исступленно выволакиваю тяжеленный пьедестал A/52. Встаю на стул и заменяю над местом 76 лампочку. Пьедестал тяжелый и неброский, кувшин № 36 у посетителей был популярен, лампочка почти новая, но кого интересует мое мнение. Я делаю как велено, затем убираю молочную кружку и печенье. Приближается время открытия музея.

Я причесываюсь перед зеркалом в туалете, поправляю узел галстука, проверяю, стоит ли пенис. Все в порядке.

- ❖ кувшин № 36
- ❖ пьедестал A/52
- ❖ лампочка
- ❖ эрекция

Секс, будто морское течение, рвется в двери музея. Стрелки напольных часов отмеряют острый угол одиннадцати. Зимний свет из окна стелется по полу, словно лижет его, прямо до середины зала. Я неспешно пересекаю помещение, отодвигаю засовы, распахиваю двери. В тот миг, когда двери открываются, все изменяется. Загорается свет в покоях Людовика XIV, молочная кастрюлька перестает терять свое тепло, кувшин № 36 незаметно погружается в желеобразный сон. Над моей головой слышится топот нескольких суетливых мужчин.

Я перестаю кого-либо понимать.

Видно, что у входа кто-то стоит, но мне все равно. Какое мне дело до входа. Почему? Думая о сексе, я всегда оказываюсь в Зимнем Музее. И мы все там, скрючившись как сироты, ищем тепла. Кастрюля находится на кухне, коробка с печеньем — в выдвижном ящике, а я — в Зимнем Музее.

Крепость Германа Геринга в 1983 году

О чем думал Герман Геринг, возводя внутри одного из холмов Берлина гигантскую крепость? Он в буквальном смысле слова выпотрошил холм и залил его бетоном. Сие строение отчетливо вырисовывается в бледных вечерних сумерках, подобно несчастной башне белых муравьев. Взобравшись по отвесному склону и оказавшись на его вершине, мы смогли увидеть панораму первых огней Восточного Берлина. Направленная на все стороны света артиллерийская батарея должна была заметить приближавшуюся к столице армию врага и атаковать ее. Никакие бомбардировщики не могли пробить толстую броню, никакие танки не могли взобраться наверх этой крепости.

Постоянно имелся запас провизии, воды и боеприпасов, которого двух тысячам войск СС хватило бы на многомесячную осаду. Секретный подземный ход выстроили как лабиринт, огромные кондиционеры накачивали внутрь крепости свежий воздух. Герман Геринг бахвалился:

— Даже если английские и русские войска окружат столицу, мы не проиграем. Мы будем жить в неприступной крепости.

Однако когда весной 1945 года русские, словно последняя буря сезона, ворвались в Берлин, крепость Германа Геринга хранила молчание. Русские войска выжгли напалмом подземный ход и мощной взрывчаткой пытались стереть с лица земли саму крепость, но та не стерлась. Лишь бетонные стены пошли трещинами.

— Видите, русские не смогли разрушить своими бомбами крепость Геринга, — смеясь, сказал мне юноша из Восточной Германии. — Они могут разрушать только памятники Сталину.

За несколько часов прогулки по Восточному Сектору города он показал мне один за другим многочисленные следы «битвы за Берлин» 1945 года. Не знаю, как догадался, что меня интересуют исторические места сражений, но делал это он на удивление увлеченно. К тому же ситуация была не та, чтобы высказывать пожелания, поэтому я бродил по городу всю вторую половину дня в его сопровождении. Мы случайно познакомились с ним во время обеда в кафе недалеко от телевизионной башни.

В любом случае его экскурсия оказалась великолепной и исчерпывающей. Следуя за ним по историческим местам Восточного Берлина, я начинал ощущать, будто война закончилась лишь несколько месяцев назад. По крайней мере, скажи мне тогда такое — пожалуй, поверил бы. Город сплошь испещрен следами перестрелок.

— Вон, смотрите, — сказал он, показывая на один такой след. — Немецкие пули можно легко отличить от русских. Немецкие — они словно вгрызаются в стену, распарывая ее, а русские только облизывают. Выделка другая, знаете ли.

Из всех жителей Восточного Берлина, с которыми мне довелось повстречаться за последние несколько дней, его английский был самым понятным.

— Ты очень хорошо говоришь по-английски, — хвалю его я.

— Некоторое время ходил в моря. Был на Кубе, в Африке, долгое время — в Черном море. Так и научился. Сейчас работаю на стройке прорабом.

Спустившись с крепостного холма, мы немного погуляли по ночному городу и забрели в старую пивную на Унтер-дер-Линден. Пятница. Вечер. Пивная была переполнена народом.

— Здесь вкусно готовят курицу, — порекомендовал он, и я заказал курицу с рисом и пиво. Действительно, курица была недурна, пиво — прекрасно, в помещении — тепло, стоит приятный галдеж.

Наша официантка — исключительная красавица, как две капли похожая на Ким Карнз. Элегантная блондинка с голубыми глазами и милой улыбкой. Она поднесла к нашему столу пивные кружки с таким видом, будто держала в руках гигантские пенисы. Она мне напоминала одну знакомую из Токио. Нет, они не были похожи друг на друга, между ними нет ничего общего, но при этом что-то их все же связывало. Пожалуй, это останки крепости Германа Геринга разводят их друг мимо друга в темноте лабиринта.

Мы выпили немало пива, стрелки часов подбирались к десяти. До двенадцати мне необходимо вернуться на вокзал S-Bahn на Фридрих-штрассе. Ровно в полночь заканчивалась моя восточногерманская виза, и опоздай я хоть на минуту, могли возникнуть большие неприятности.

— В пригороде есть одно крутое место — бывшее поле боя, — сказал он.

Я рассеянно смотрел на официантку и пропустил его слова мимо ушей.

— Excuse me, — повторил он. — Там эсэсовцы столкнулись с русскими танками в лобовой атаке. Это и стало решающей битвой за Берлин. Бывшая сортировочная станция, но там все осталось без изменений.

Я посмотрел на юношу. Худое лицо. Одет в серый вельветовый пиджак. Сидит, раскинув руки по столу. Пальцы у него длинные и тонкие, никак не похожи на пальцы моряка. Я покачал головой:

— До двенадцати нужно вернуться на вокзал на Фридрих-штрассе. Заканчивается виза.

— А завтра?

— Завтра утром я уезжаю в Нюрнберг, — соврал я.

Похоже, юноша несколько расстроился. По его лицу проскользнула еле заметная тень усталости.

— Завтра мы бы могли поехать вместе с моей девчонкой и ее подругой, — сказал он, будто оправдываясь.

— Жаль, но...

Казалось, будто некая холодная рука сжала пучок моих нервов. Как поступить, я не знал. Посреди этого испещренного следами от пуль и снарядов необыкновенного города я чувствовал себя в полном тупике. Но вскоре холодная рука, словно морской отлив, покинула мое тело.

— Однако как вам крепость Германа Геринга? — спросил юноша и слегка улыбнулся. — Никто за сорок лет не смог ее разрушить.

С перекрестка Унтер-дер-Линден и Фридрих-штрассе открывается прекрасный вид на разные достопримечательности города: на севере — вокзал S-Bahn, на юге — КПП «Чарли», на западе — Бранденбургские ворота, на востоке — телебашня.

— Успеете, — сказал мне юноша. — Отсюда до вокзала S-Bahn самое большее — пятнадцать минут медленным шагом. Успеете.

Я посмотрел на часы — четверть двенадцатого.

— Успею, — успокоил я сам себя. И мы пожали на прощанье руки.

— Жаль, что не удалось съездить на сортировочную станцию. Опять же... девчонки.

— Это точно, — ответил я. Хотя... ему-то о чем жалеть?

Направляясь в одиночестве по Фридрих-штрассе на север, я попробовал представить, о чем мог размышлять Герман Геринг весной 1945-го. Но о чем бы ни размышлял рейхсмаршал тысячелетней империи, в конечном итоге, об этом не знает никто. Эскадрилья его любимцев — пикирующих бомбардировщиков «Хенкель-117» — словно трупами самой войны, белеет сотнями скелетов по диким степям Украины.

Висячий сад герра W

Впервые меня привели в висячий сад герра W туманным ноябрьским утром.

— Ничего нет, — сказал он.

И действительно — не было ничего. Лишь покачивался в море тумана висячий сад. Размером он примерно пять на восемь, и кроме того, что висячий, от обычных садов не отличался ровным счетом ничем. Исходя из критериев садов наземных, однозначно — сад третьей категории. Газон неровный, цветы беспорядочные, стебли помидоров засохли, ограды вокруг нет, белые садовые кресла будто бы из ломбарда.

— Я и говорю, ничего нет, — как бы оправдываясь, сказал герр W, но при этом внимательно следил за моим взглядом. Однако я шел сюда, вовсе не ожидая увидеть ажурные беседки, фонтаны, выстриженные в форме зверей кусты или скульптуры купидонов. Я просто хотел увидеть висячий сад герра W.

— Чудесней любого роскошного сада, — сказал я, и у него, похоже, отлегло на сердце.

— Его бы еще немного приподнять, был бы куда висячей, — посетовал он. — Но по разным причинам это никак не возможно. Выпьете чаю?

— С удовольствием.

Герр W достал из бесформенной парусиновой емкости — не то корзины, не то рюкзака — газовую горелку, желтый эмалированный чайничек, канистру с водой и занялся кипятком.

Воздух тут жутко холодный. Я был укутан в толстую пуховую куртку, обмотан шарфом, но не спасали даже они. Дрожа от холода, я смотрел, как проплывает на юг, медленно окутывая мои ноги, серый туман. Казалось, если усесться на туман, он унесет меня в далекие-далекие неведомые страны.

Потягивая горячий жасминовый чай, я рассказываю об этом герру W, а тот улыбается.

— Так говорят абсолютно все, кто приходит в этот сад. Особенно когда туман очень густой... Мол, унесет к Северному морю.

Я откашлялся и предложил понравившуюся мне иную версию:

— ...или в Восточный Берлин.

— Вот-вот, — обламывая засохшие стебли помидоров, сказал герр W. — Именно в этом главная причина, почему я не могу сделать висячий сад еще висячей. Будет выдаваться по высоте — всполошатся восточногерманские пограничники. Начнут светить по ночам прожекторами, направлять сюда пулеметы. Стрелять, разумеется, не станут, но все равно как-то не по себе.

— Точно.

— К тому же, как вы верно заметили, если перебрать с высотой, поднимется воздушное давление, и не исключено, что сад может снести на восток. А это никуда не годится. Как минимум обвинят в шпионаже, и тогда живым в Западный Берлин уже не вернуться.

— Ого!

Висячий сад герра W был привязан к крыше некоей четырехэтажной развалюхи, вплотную прилегавшей к Берлинской Стене. А поскольку герр W не мог подвесить сад выше чем на пятнадцать сантиметров, тот при беглом осмотре казался просто обычным садом на крыше. Однако не каждому по силам обладать висячим садом, даже если он приподнят всего на пятнадцать сантиметров.

— Герр W — человек очень спокойный, ненавязчивый, — говорили о нем окружающие. И я с ними полностью согласен.

— Почему вы не перенесете сад в более безопасное место? — спрашиваю я. — Например, в Кёльн или Франкфурт? Или в самом Западном Берлине, но куда-нибудь вглубь. Тогда можно, никого не опасаясь, поднять сад на желаемую высоту.

— О чем вы? — покачал головой герр W. — Кёльн, Франкфурт... Мне нравится здесь. Здесь живут все мои друзья. Здесь лучше всего.

Допив чай, он теперь достал из емкости портативный проигрыватель «Филипс» и поставил пластинку. Заиграла вторая сюита Генделя из цикла «Музыка на воде». Звучная труба блестяще раздавалась над пасмурным небом Кройцберга. Есть ли на свете музыка, более подходящая для сада герра W?

— В следующий раз приезжайте летом, — сказал герр W. — Висячий сад летом крайне хорош. Этим летом мы каждый вечер устраивали здесь приемы. Самое большее помещалось двадцать пять человек и три собаки.

— И что, никто не падал? — изумленно спросил я.

— Признаться, только двое, и то — изрядно набравшись, — прыснул герр W. — К счастью, не разбились — на третьем этаже прочный козырек.

Я тоже рассмеялся.

— Бывало, сюда поднимали даже пианино. Тогда еще приезжал Поллини, играл Шуберта. Всем понравилось. Как вы знаете, Поллини слегка помешан на висячих садах. Хотел приехать Лорен Маазель, но весь Венский симфонический здесь не разместить.

— Это точно, — согласился я.

— Приезжайте летом, — пожимая мне руку, сказал на прощание герр W. — Летний Берлин прекрасен. Летом вся округа наполняется запахами турецкой кухни, криками детей, музыкой и пивом. Это и есть Берлин!

— Непременно приеду, — пообещал я.

— Кёльн... Франкфурт... — И герр W опять покачал головой.

Так вот висячий сад герра W и по сей день висит в ожидании лета в пятнадцати сантиметрах в небе над Кройцбергом.

Послесловие

Если говорить о хронологическом порядке, то самый старый рассказ из этого сборника — «Сжечь сарай», он был написан в ноябре 1982 года, а самый новый — «Три германские фантазии», в марте 1984-го.

Иногда меня спрашивают, что мне удается лучше: романы или рассказы. Признаться, этого не знаю я сам. Заканчиваешь работу над романом — и остается смутная неудовлетворенность. Тогда садишься и пишешь серию рассказов. Пока их пишешь, начинает чего-то недоставать — и принимаешься за роман. Так я и пишу: сначала роман, за ним рассказы, опять роман, и вновь рассказы. Этим повторам когда-нибудь придет конец, но пока что я, будто бы ведомый тонкой нитью, постепенно продолжаю писать рассказы.

Не знаю, почему — видимо, просто мне нравится сочинять.

25 апреля 1984 года (сумерки)
Харуки Мураками

Литературно-художественное издание

МУРАКАМИ-МАНИЯ

Харуки Мураками

СВЕТЛЯЧОК И ДРУГИЕ РАССКАЗЫ

Ответственный редактор *М. Яновская*
Редактор *М. Немцов*
Художественный редактор *Н. Никонова*
Верстка *К. Москалев*
Корректор *Е. Варфоломеева*

ООО «Издательство «Эксмо»
127299, Москва, ул. Клары Цеткин, д. 18/5. Тел. 411-68-86, 956-39-21.
Home page: **www.eksmo.ru**   E-mail: **info@eksmo.ru**

Оптовая торговля книгами «Эксмо»:
ООО «ТД «Эксмо». 142702, Московская обл., Ленинский р-н, г. Видное,
Белокаменное ш., д. 1, многоканальный тел. 411-50-74.
E-mail: **reception@eksmo-sale.ru**

*По вопросам приобретения книг «Эксмо» зарубежными оптовыми
покупателями* обращаться в отдел зарубежных продаж ТД «Эксмо»
E-mail: **international@eksmo-sale.ru**

*International Sales: International wholesale customers should contact
Foreign Sales Department of Trading House «Eksmo» for their orders.*
international@eksmo-sale.ru

*По вопросам заказа книг корпоративным клиентам, в том числе в специальном
оформлении,* обращаться по тел. 411-68-59 доб. 2115, 2117, 2118.
E-mail: **vipzakaz@eksmo.ru**

*Оптовая торговля бумажно-беловыми и канцелярскими товарами для школы
и офиса «Канц-Эксмо»:* Компания «Канц-Эксмо»: 142700, Московская обл., Ленинский р-н, г. Видное-2, Белокаменное ш., д. 1, а/я 5. Тел./факс +7 (495) 745-28-87
(многоканальный). e-mail: **kanc@eksmo-sale.ru**, сайт: **www.kanc-eksmo.ru**

Подписано в печать 09.03.2010.
Формат 84х108 $^1/_{32}$. Печать офсетная. Усл. печ. л. 7,56.
Тираж 8100 экз. Заказ № 1699

Отпечатано в ОАО «Можайский полиграфический комбинат».
143200, г. Можайск, ул. Мира, 93.
Сайт: www.oaompk.ru тел.: (495) 745-84-28 (49638) 20-685

ISBN 978-5-699-40103-1